GAEA

Gaea

3

終於等到主人【完】

通靈事務社

星子

GAEA

● REC

978-626-384-071-3

通靈事務社 3〔完〕

Contents

Telepathy Agency_All Encounters_Records

CASE# 01

富貴苑鬧鬼案件

本次案件與黃老仙家有點像，但又不太一樣。

委託人請我們處理台中一間凶宅，那是一間比黃老仙家更大、更豪華的現代四合院——富貴苑。

雖然本社長老家也在台中，但本社長從小到大，都沒聽過台中有這麼一間鬼屋，不過沒聽過也很正常，畢竟本社長過去對通靈、鬼屋這些東西沒特別研究。像現在這樣子和靈界朋友頻繁接觸，全是這幾個月的事。

據說富貴苑老屋主是位建商，事業有成後，買了塊風水寶地，蓋出夢寐以求的四合院，希望將來兒孫滿堂，共享天倫之樂。

可惜屋主沒享幾年福，甚至還沒退休、二兒子也還沒學成歸國，就重病過世了。

老屋主有兩個兒子，是不同媽生的。大兒子六歲時母親過世，老屋主再婚幾年之後才有了二兒子。

老屋主過世前，一家人和樂融融，一點也看不出有什麼問題，但老屋主一死，他第二任妻子——應該算婆婆沒錯吧，和大兒子夫妻倆就翻臉了。

委託人說因為大兒子夫妻結婚幾年，都生不出孩子，大兒子老婆——也就是大嫂，擔心過去擔任公公會計兼祕書、專精財務的婆婆，會將富貴苑和公公大部分財產，都轉移到還在國外留學的小叔身上，所以暗中請了厲害法師，作法暗算婆婆。

精彩的來了——婆婆也不是省油的燈，同時間也找了法師，對大嫂下蠱。兩邊鬥法的結果，是婆婆先走一步，而大嫂沒過多久也瘋了。

大兒子照顧發瘋妻子幾年，整個人都累壞了，有天出了車禍，也走了，大嫂被娘家親戚接走，但不久後又轉送去療養院。

富貴苑就這樣荒廢了幾年，直到二兒子海外事業有成，帶著老婆小孩回國重新住進這四合院。

直到差不多十年前左右，大嫂死在療養院，有傳聞說是被療養院員工虐待死的——當時她老家長輩都過世了，晚輩沒人願意出面處理她的後事，療養院也隨便找了禮儀公司把大嫂燒一燒，骨灰送回富貴苑。

一個月後的傍晚，二兒子老婆在廚房煮飯，不知道為什麼突然拿菜刀把先生小孩砍成重傷，跑上大街，當著左鄰右舍面前，割開自己脖子。

一家三口住進醫院加護病房躺了幾天，最後沒有人活下來——

很奇怪吧，既然屋主一家全死光了，那麼委託人是怎麼知道這些事，又怎麼會找我們處理富貴苑呢？

上午十一點半，謝初恭駕車載著文孝晴駛進台中市區，沿路對著掛在頸上的錄音筆呢喃低語，記錄案件始末。「這是因為啊——」

因為當年屋主在外還有另一個女人。

女人替屋主生了個女兒。

屋主在世時，瞞著妻兒找來律師，替私生女辦齊了收養手續。

也因為這樣，屋主兩個兒子相繼過世後，富貴苑連同屋主那些亂七八糟的遺產，自然而然通通落入私生女名下了。

本次案件委託人，是那屋主私生女外孫，今年大學四年級。

他說曾外婆過去一直默默關注富貴苑動靜，甚至定時請人打聽消息——當年富貴苑婆媳鬥法這件事，鬧得街頭巷尾人盡皆知，兩人鬥到最後，都瘋得嚇人，她們各自弄來一堆雞鴨、剁頭取血，畫了一大堆血符，貼得到處都是，甚至雙雙持著菜刀，在大馬路上叫囂對峙。

最終一死一瘋。

曾外婆深信這富貴苑是不祥之地，在世時非但不敢踏進富貴苑一步，且每年中元普渡，都會請法師在院子裡舉辦普渡法會、祭祀亡靈，再讓清潔公司進院子除除草；她不只一次叮囑委託人母親，得到的遺產夠多了，富貴苑能不動就不動，別驚擾屋內亡靈，尤其是那對婆媳。

但外婆卻不那麼想。

外婆並非不怕鬼，但她覺得自己是屋主親生女兒，比那對瘋癲婆媳更有資格作為富貴苑主人；因此，曾外婆半年前過世之後，外婆便打算將富貴苑好好整頓打理一番，作為將來整個家族的度假別墅。

外婆令下人帶著清潔公司上富貴苑打理，前前後後換了六間清潔公司，都沒能將富貴苑打掃乾淨，甚至適得其反——

前兩間清潔公司，每日工作接近黃昏，員工們就會被迴盪在屋內的可怕尖嚎、厲笑聲，以及不時閃過窗户、飄過眼前的重重鬼影，嚇得魂飛魄散，最終辭退工作。

外婆因此特別叮囑第三、四、五間清潔公司，將工作時間盡量分配在上午九點到下午四點之間，天色一暗就收工，整體工作拖久些也無所謂，她會按日計酬。

但三間清潔公司隔日上班時，就會發現前一晚留在富貴苑裡的清潔用具變得破損不堪、清潔劑灑得到處都是，本來清理乾淨的地板、家具變得更加髒污不堪，工期永無止盡。

第六間清潔公司，老闆自稱有陰陽眼、平時有在修行，拍胸脯保證自己專接這種屋子的生意，他選了個黃道吉日，帶著清潔員工和兩位同修師兄弟，浩浩蕩蕩上門，一進中庭就帶著員工起壇作法，神壇才擺好、老闆剛走近壇前，突然一台不知是哪間清潔公司留下的工業吸塵器，破窗飛出，轟隆砸在老闆背上，將老闆連同神壇一起砸倒在地。

老闆的兩位師兄弟領著一批清潔員工們，在中庭迴盪著的厲笑聲中，救起被砸斷大堆骨頭、不停吐血的老闆，落荒而逃。

據說那老闆至今尚未出院。

但委託人外婆脾氣也倔，她本來打算將屋子整理得乾乾淨淨，再請法師上門超渡亡靈，這下好了，敬酒不吃吃罰酒，她找到母親過去請的每年定時上富貴苑舉辦法會的法師，問今年不辦超渡法會，改辦驅魔法會，行不行？

法師說行，說富貴苑那批惡靈桀驁不馴、難以教化，確實該給他們點苦頭吃了。

外婆於是擇定今日帶法師來富貴苑降妖伏魔——但委託人媽媽質疑那法師功力，說那法師過去在富貴苑院子裡辦了這麼多年超渡法會也不管用，改成驅魔法會難道就有用了？她說她認識一位仙姑，上能通天、下能遁地，那人才是真材實料。

外婆說好，把仙姑也請來幫忙。

大舅卻說，仙姑算什麼，他有個朋友，是茅山道士，專長就是治鬼，過去降魔無數。

外婆說好，把道士也請來幫忙。

二姨說自己也認識一位居士，外表斯斯文文，但其實深藏不露，在靈界交遊廣闊，連閻王都給他幾分薄面。

外婆說好，把居士也請來幫忙。

小姨說姊姊哥哥們那些朋友感覺都靠不住，她說自己同事的表哥，看起來吊兒郎當，身上有刺青，像個小流氓，但其實是神明乩身，擁有上天賞賜的法寶，身在陽世的唯一的職責，就是降妖伏魔。

外婆說好，把小流氓也請來幫忙。

委託人平時最愛看鬼故事，聽媽媽說外婆搞這麼大陣仗，準備出征富貴苑，說什麼也要湊一腳，於是花了三天，在網路上找著通靈事務社，約定今日在台中車站會合，說一切費用外婆會負責。

委託人還說，自己就讀大二的表妹，在網路上認識了一位與眾不同的「怪姊姊」，似乎也是位異人，表妹替那位怪姊姊也報了名，今天也會一同前往富貴苑。

「也就是說——」謝初恭捏著錄音筆，呢喃數數。「一二三四五六七……今天一共有七組通靈人一起進富貴苑驅鬼，真是太熱鬧啦！」

□

十一點五十分，兩人抵達台中市區一間高級餐廳外與委託人會合。

委託人帶著兩人走過寂靜無聲的廊道，步入一間頂級ＶＩＰ包廂。

奢華包廂裡分成左右兩張桌，左邊桌子坐著委託人家族，右邊桌子則是七組通靈人。

委託人帶著謝初恭與文孝晴向委託人家族眾人、尤其是那屋主私生女——龐女士打過招呼。

龐女士隨母姓，個性強悍堅毅，剛學校畢業就開始嘗試開店做生意，和母親二人胼手胝足，將自家餐廳經營得有聲有色。

後來龐女士得到富貴苑屋主遺產，更如同猛虎出柙，分店一間間開、房產一棟棟買，還結婚生子——她第四個孩子五歲那年，她發現丈夫和分公司會計有染，二話不說將丈夫趕出家門，迅速找了律師辦理離婚，將四個孩子一齊帶去户政事務所改隨自己姓龐。

為此龐女士的前夫屁也不敢吭一聲，更不敢開任何離婚條件——他本來以為自己會被龐女士找人打斷腳後扔進海裡，而龐女士確實也那麼考慮過，但是當她得知小三有了身孕，想起當年母親懷她時的處境，以及她出生就沒有爸爸的童年時，便放棄了原本的復仇計畫，只叫兩人滾得越遠越好。

此後龐女士並未再婚，一直專注自家事業。

和年輕時與母親努力經營自家餐廳相比、和事業拓展時的市場競爭相比、和起落無常的股市相比、和丈夫變心時的痛楚相比、和母親過世時的悲傷相比——富貴苑裡那幾隻鬼，龐女士壓根沒放在眼裡，今日她帶齊子孫召集一桌子通靈人，準備奪回那個她認為本當屬於她的地盤——富貴苑。

靜謐包廂外響起一陣餐車輪聲，門打開，正式上菜——這地方是龐女士自家經營的餐廳，今天就只招待這大包廂裡的客人。

龐女士那桌連同四名子女、外孫和外孫女，一共七人，都穿著素雅正裝，像是參加名流晚宴。

至於通靈人這桌，扮相可精彩了，謝初恭和文孝晴，由於上外地出差，僅穿著T恤牛仔褲，在一桌人之中，相對簡單樸素。

弘日法師年近七旬，胸前掛著佛珠、一身僧袍，吃著特製素菜，身旁兩名年輕小弟子，雖也穿著僧袍、吃著素菜，但兩雙眼睛不是望著謝初恭盤裡的牛排，就是盯著文孝晴的胸脯。

何仙姑披著一件鵝黃色絲綢袍子，兩隻手腕戴滿五顏六色的繩結，仙姑說自己姓何，正是傳說中八仙裡那位何仙姑的投胎轉世。

張道士自稱師承張天師，與隨行弟子都身穿道袍，頭戴道帽，身後包袱裡裝著八卦鏡、桃木鏡等驅鬼法器。

蕭居士穿著亞麻襯衫和米色休閒褲，胸前掛滿各種民族風飾品，左右手各自戴著一支錶，兩支錶的錶面，分別是羅盤和太極八卦，他說其中一支錶看的不是當前時分，而是過去和未來。

劉乩身體型矮胖，一身褐色皮衣皮褲配無袖背心，隱約可見胸肩處那半甲刺青，他掏出一只金屬菸盒，搖了搖，喀啦喀啦，神祕兮兮地問文孝晴，知不知道裡頭裝的是什麼。

「是尪仔標。」文孝晴只瞥了劉乩身一眼，自顧自扠起一塊肉放進嘴裡，將視線放回手機螢幕，淡淡地說：「那部劇我有看，超好看，男主角帥呆了，你一點也不像他。」

「……」劉乩身已經將菸盒揭開一半，僵了三秒，假裝沒聽見文孝晴的話，從中取出一片尪仔標，捏在手上拋了拋，說：「這是我家老仔賜給我的法寶，一共有七種，我……」他捏著尪仔標說到這裡，見沒人接話，甚至連看也不看他一眼，不免有些窘迫，突然瞥見角落另個年輕女人盯著他，連忙捏著尪仔標轉向年輕女人，問：「妳想看？借妳看看？」

「不要，我不想看。」年輕女人咧嘴笑著，推了推紅框眼鏡。她穿著白色碎花襯衫和紅色長裙，身旁放著一只鮮紅色背包，紮在腦後的馬尾，用的也是紅色髮圈，打扮得像是卡通人物——她就是龐女士那就讀大二的外孫女在網路上認識的「怪姊姊」。

「我叫牡丹。」她望著謝初恭，自我介紹，她從謝初恭進來包廂，就目不轉睛地望著他，偶爾才稍微分神看看其他事物。

這樣的視線，令謝初恭感到坐立難安。

「牡小姐妳好……」謝初恭僵笑點頭。

「我不姓牡，我姓紅，紅牡丹。」紅牡丹這麼說，還向謝初恭伸出手，像是想和他握手。

「不好意思牡……不對，紅小姐……」謝初恭尷尬伸手和紅牡丹輕握，只見紅牡丹雙手十指遍布浮凸疤痕，像是長期反覆受傷、新舊疤痕持續堆積而成的結果。

□

大夥用餐完畢後，龐女士親自向眾人說明那富貴苑過往恩怨來龍去脈，以及可能出沒的幾名怨靈身分。

龐女士說完，她外孫女立時發給眾人一組一份書面報告，前幾頁是剛剛龐女士講過的內容，後幾頁是富貴苑的平面圖和各建物介紹。

接著，龐女士外孫開始向七組通靈人說明這筆生意規則——首先，所有參與此次驅魔案件的人員，都能得到一筆微薄的車馬費；倘若在接下來的驅魔過程中，因此受傷住院，龐女士也樂意援助一定程度的醫療費，但原則上，大家還是得自行負責自身安全。

接下來，倘若所有通靈人一致同意屋內惡鬼全跑光了，就通知清潔公司進屋整理，等到富貴苑裡外清潔完畢，且經龐家人驗收，那麼七組人員，都能各自得到一筆七位數字的「前金」。

在接下來的一整年間，龐家人上富貴苑度假、聚會，都平安順利的話，眾人還能額外得到一筆相同金額的「後謝」，當作是一年保固的獎金。

自然，在清潔公司打掃完畢之前，即逃離富貴苑的通靈人，等於承認失敗，只能領取微薄的車馬費。

「富貴苑外面有一組助理團隊，二十四小時待命，大家隨時可以透過手機，向團隊申請需要的道具、食物，甚至法器什麼的，只要不是太稀有的東西，助理團隊會用最快的速度，把物資送進前院。」

龐女士外孫，同時也是通靈事務社委託人，說明至此，望了望大夥兒。「大家還有什麼問題或是建議嗎？」

整桌通靈人，你看看我我看看你，都沒有意見。

□

一小時後，一台二十人座小巴在富貴苑前停下。

弘日法師與兩名弟子、張道士與一名弟子、何仙姑、蕭居士、劉乩身、紅牡丹，以及謝初恭與文孝晴，一共十一人，先後踏入富貴苑前院。

驅魔行動正式開始。

十一人站在前院裡，不約而同回頭望著前院大門外的黑西裝男人，他就是助理團隊裡的負責人「全哥」。

「請問——」蕭居士舉手發問：「從現在開始，只要我們離開富貴苑一步，就算任務失敗，對吧？」

「理論上是。」全哥點點頭。

「何謂理論上？」蕭居士這麼問。「那麼實務上呢？」

「實務上呢——」全哥又點點頭，說：「好比等等你點了晚餐，我們送到門口，你可能太餓，心急多往外踏一、兩步——」全哥這麼說時，微微抬腳將腳尖朝向前院大門內外的地磚交界處示意，說：「我們也不會判定你任務失敗，其他類似情況，自己拿捏吧。畢竟各位都是見多識廣、有大智慧的大師，不是嗎？」全哥說到這裡，呵呵一笑，向院內眾人微微一鞠躬。「祝各位工作順利，我去待命了。」

全哥說完，轉身往不遠處一台廂型車走——整座富貴苑周圍，停放著數輛廂型車，車頂都架有監視器。全哥率領的助理團隊，人數足足有踏入富貴苑的驅魔團隊的三倍之多。

「我感覺全哥話裡帶了點刺。」蕭居士微微一笑，抖抖兩手手腕上的錶，在前院漫步起來。「大概是個無神論者。」

「鐵齒，那叫作鐵齒。」劉乩身笑著附和，大搖大擺地拋玩一只尪仔標。「這些麻瓜沒見過鬼，什麼也不懂。」

「畢竟井底之蛙，不知道天下之大，無奇不有。」張道士扠著手，接過徒弟小道士遞來的羅盤，捏著劍指，東張西望。

弘日法師模樣沉穩，領著兩名小僧，往前院另一邊走去。

何仙姑湊到文孝晴和謝初恭身旁，笑嘻嘻地說：「我有點好奇，你們的流派是……」

「仙姑妳好。」謝初恭取出名片遞給何仙姑。「我們是通靈事務社，負責幫客戶調解與靈界朋友之間的誤會跟糾紛，另外也有接徵信案件，我們前身其實是徵信社。」他揚手指了指文孝晴。「這是本社談判專家文孝晴。」

「談判專家？」何仙姑哦了一聲，向文孝晴伸出手笑說：「我幹這行這麼多年，第一次聽過這頭銜……年輕人好有創意。這幾天請多多指教了。」

「儘管指教。」文孝晴微笑與何仙姑握手，說：「不過，我想我們相處的時間，應該不會到『幾天』這麼久。最多就今晚吧。」

「今晚？什麼意思？」何仙姑問。

「意思是——」文孝晴望著前方那兩層樓高的「如意樓」，以及如意樓後方左右兩側三層樓高的「安居樓」和「樂業樓」，說：「這個地方，太陽下山之後會很精彩，能待到早上的人，應該所剩無幾。」她這麼說的時候，轉頭望向紅牡丹。

紅牡丹朝她燦爛一笑，拉了拉揹在背上那只艷紅背包。

「不好意思。」何仙姑苦笑了笑。「阿姨我聽不太懂年輕人的話……」

「沒關係，等天黑之後，不懂也得懂了。」文孝晴領著謝初恭往如意樓正門走——這富貴苑是四合院建築，由四棟獨立長形樓房圍成一個「口」字形，前院一眼看見的如意樓，主要為待客用，一樓有數間車庫，二樓是交誼廳和數間客房。

通過如意樓玄關，可以直接進入中庭，左側是安居樓，右側是樂業樓，各自有三層樓高，這是過去老屋主計畫作為兩個兒子結婚生子的樓房。

最後那坐北朝南的富貴樓，則是當年老屋主與妻子自住的主屋。

「這幾天，隨便想睡哪間房都可以嗎？」劉乩身東張西望，像是十分興奮，在如意樓內隨意開關電燈——富貴苑數棟建築裡除了到處都積著厚厚的灰塵外，其餘水電設施等一切正常。

「我是覺得大家別分得太散比較好，我們要待到清潔公司整理完畢。」蕭居士這麼說：「要是大家東住一間西住一間，人家打掃起來也麻煩。」

「我覺得蕭大哥說的有道理。」何仙姑點頭附和。

「我不管，我要住主屋最大的房間。」劉乩身哈哈笑地三步併作兩步，奔過雜草叢生、彷如廢墟的寬闊中庭，奔入主屋富貴樓——龐家特別提過，這富貴苑清理乾淨後，會大規模重新裝修，因此大夥兒這些天若是碰上打不開的門、進不去的房間等等，只要別傷到建築主體或是水電線路，拆門破窗之類舉動是被允許的。

主屋富貴樓大門上了鎖，劉乩身便從中庭花圃捧起塊磚，轟隆一聲砸破門旁落地大窗，跨了進去。

「大家都住主屋？如何？」蕭居士這麼說，何仙姑立刻表示同意。

「我想找自己喜歡的房間。」張道士領著小道士也撿了塊磚，轉向樂業樓，但樂業樓正門沒鎖，張道士兩人便直接進去了。

蕭居士先望望主屋，再望望另一旁的安居樓，攤攤手說：「算了，反正到時候清潔公司來了再說吧。」他邊說，邊往安居樓走去。

何仙姑跟在蕭居士身後，走向安居樓。

「師父，那我們呢？」兩個小僧望向弘日法師。「我們睡如意樓？」

「睡哪都行哪。」弘日法師向謝初恭、文孝晴和紅牡丹說：「剛剛龐家有說，如意樓專門用來接待客人，裡頭有很多間客房，你們要不要一起來？」

「行。」文孝晴點點頭，與謝初恭轉身走回如意樓，來到二樓，二樓共有六間客房，其中三間是附帶廁所的套房，弘日法師相中其中一間套房，謝初恭則向文孝晴和紅牡丹揚了揚手，示意剩下兩間自帶衛浴的套房，讓給兩位女士。

「亞當哥哥。」紅牡丹搖搖頭，對謝初恭說：「不然我跟你睡同間房好了。」

「不行。」文孝晴微笑揪著謝初恭後領，將他往其中一間套房拉，對紅牡丹說：「我老闆跟我一間房。」

紅牡丹跟到文孝晴房門前，喃喃問：「你們是夫妻嗎？」

「我們不是夫妻……」謝初恭笑著搖頭。

「是老闆跟員工。」文孝晴微笑關上門、按開燈，望著布滿灰塵、數坪大的套房，來到窗邊拉開厚重窗簾，開窗瞧瞧前院。

「阿晴。」謝初恭扠著手，呵呵笑問：「妳這樣子，會讓別人誤會我們之間是不是有什麼關係……雖然我不介意啦，呵呵……」

文孝晴回頭，豎著食指擋在嘴前，對謝初恭比了個「別說話」的手勢，跟著從背包中取出晴天娃娃拋給謝初恭。「倫倫，麻煩你了，這幾天保護好社長。」

「倫倫……」謝初恭有些訝異，晴天娃娃裡，藏著一隻叫作倫倫的小鬼。他見文孝晴神色認真，不由得有點害怕。「妳叫倫倫保護我？所以富貴苑真的『不乾淨』，而且……真那麼凶？」

「嗯。」文孝晴點點頭——先前她與委託人洽談之後，便與謝初恭做了沙盤推演，倘若委託人敘述為真，那麼當年的婆媳各自請來異人相助，鬥得一死一瘋，瘋的那個後來也死了，想必不會是一般亡魂，而是厲鬼中的厲鬼。

「你聽好，凶的不只是那對婆媳……」文孝晴說到這裡，伸手指了指門外。

「外面那個也要小心。」

「什麼？」謝初恭瞪大眼睛，望向房門，顫抖低聲問：「妳是說……牡丹？」

文孝晴點點頭，低聲說：「她的紅背包裡藏著一隻厲鬼。」

「什麼……」謝初恭嚥了一口口水，喃喃問：「那，其他幾位呢？」

「其他傢伙不用擔心，全是廢物。」文孝晴說到這裡，突然改口，說：「但也不能完全不管他們，不管怎樣，我不希望今晚鬧出人命。」

「啊！」謝初恭更加訝異。「今晚有可能鬧出人命？」

「正常情況下應該不至於。」文孝晴望著木門，低聲說：「但我得先弄清楚那位牡丹小姐，接下這件案子，除了賺錢之外，還有沒有其他目的。」

「還能有什麼目的？」謝初恭茫然問。

「不知道。」文孝晴聳聳肩。「總之，先把房間打掃到可以睡的程度吧，我記得樓梯上擺了幾桶清潔用具……」

她打開門，紅牡丹人還站在門外，捧著她那紅背包。

「牡丹小姐。」文孝晴問：「妳有事嗎？」

「妳……剛剛做了什麼嗎？」紅牡丹呆愣愣地問。

「沒有。」文孝晴說：「我們出來準備找點打掃工具。」

「妳沒做什麼，為什麼我家小丑感覺跟平常有點不一樣？」紅牡丹揭開紅背包，向兩人展示紅背包裡那隻模樣古怪的小丑木偶。

小丑木偶約莫三十公分高，兩隻大眼睛隱隱透出死寂氣息。

「是嗎？小丑怎麼了？」文孝晴笑著問。

「我也不清楚。」牡丹伸手進背包裡，撥了撥小丑木偶，說：「看起來比平常沒精神。」

「這樣啊。」文孝晴嗯了一聲，理所當然地說：「大概他知道我在這裡，所以比較乖吧。」

「……」紅牡丹聽文孝晴這麼說，微微垮下臉，說：「妳怎麼說的好像我家小丑怕妳一樣？妳很厲害嗎？」

「嗯，算厲害吧。」文孝晴微笑繞過牡丹，走向樓梯翻找清潔用品。

謝初恭縮著身子緊跟在後，大氣也不敢喘一聲。

他明顯感到經過紅牡丹身旁時，手中的晴天娃娃微微顫抖，似乎在害怕著什麼一般。

兩人找著一桶清潔用具，返回房間簡單打掃一番。

謝初恭本想出外晃晃，但文孝晴卻叫他好好養精蓄銳，否則到了晚上，想睡也沒辦法睡。

兩人一個躺床、一個臥沙發，睡起午覺，直到黃昏之際，這才接到全哥電話，詢問兩人晚餐想吃什麼。

二十分鐘後，兩人來到前院，向全哥取過晚餐和兩袋生活物資，本想回房用餐，卻見何仙姑站在如意樓二樓待客廳大窗旁招手喊著兩人，稱弘日法師跟蕭居士想召集眾人開會。

□

客廳長桌擺著十一人份的餐點，大夥兒自行用餐，蕭居士看看眾人、又看看弘日大師，緩緩站起身，微笑說：「各位都是聰明人，我就打開天窗說亮話吧——這次這筆生意，大家不是競爭關係，而是團隊伙伴，既然如此，我們是不是該想想，怎樣把這筆生意的利潤最大化。」

「啊？」劉乩身困惑問：「利潤最大化？什麼意思？這次案子的價錢不就是龐家講的那樣嗎？只要等清潔公司打掃完，每個人可以拿到的錢都一樣啊，還有什麼利潤？」

「當然有。」蕭居士哈哈一笑，說：「下午我跟弘日法師談過了——弘日法師有幾間固定合作的香舖跟佛具用品店，只要經他介紹的客户上門消費，弘日法師就能抽成，或者難聽一點，說是回扣也無所謂，嘿嘿；我也一樣，也有固定合作的水晶店、法器專賣店，只要我介紹過去的客人，也有油水可以拿，我想你們應該也是吧。」

「我沒有耶……」劉乩身乾笑兩聲，說：「那麼好的事，介紹一下門路啊，我也想認識一下這樣的店家。」

「我不清楚我算不算……」何仙姑尷尬笑了半晌，這才說：「我會推薦客户買我大姊做的手工佛珠……」

「所以呢？」張道士瞪著蕭居士，嚷嚷說：「你到底想說什麼？說話直接一點。」

「好，我更直接一點。」蕭居士笑了笑，說：「我們口徑一致，對龐家說，富貴苑這裡的情形，比我們預估中還要嚴重太多，需要舉辦一場空前絕後的大型法會，要一連舉辦七七四十九天，需要消耗大量祭品、法器、水晶……也就是說，這法會辦得越久，我們撈得越多。這也是我和弘日法師請大家過來開會的理由，我希望大家陪我們在這裡待久一點。」

「幹咧！」劉乩身立時反對。「不對吧，你們有合作店家可以抽成，我又沒有，我陪你們又沒有好處，當然越早請清潔公司進場，越早收工拿錢啊！」

「你這麼急幹嘛，聽人家說完啊！」張道士哼了哼，拉高分貝喝叱劉乩身。「人家既然要你幫忙配合，當然會給你好處啊！」他這麼說完，望著弘日法師和蕭居士，說：「對吧？」

弘日法師始終保持微笑，蕭居士連連點頭，說：「這個當然，所以我和弘日法師召集大家，就是想統計一下，還有哪位有相關合作店家，全部列出來，然後分配一下，這法會到底需要用到哪些東西，列成清單，請我們全哥買單——最重要的是，最後怎麼分紅。」

從早上便端著肅穆表情的張道士，此時像是終於敞開心房，說：「我也有間合作香舖，是我親弟弟開的，晚點我撥通電話給他，他還能向廠商調更多貨——按照你的說法，接下來我們得跟全哥說『指定要這家的香燭、那家的黃紙，否則法力不夠鎮壓亡靈。』是不是這樣？」

「就是這樣。」蕭居士對張道士豎了個拇指，笑說：「當然，實際上得說得迂迴一點，例如想點響亮的名堂，說整場法會需要三千支『通天香』、三千支『陽氣燭』、一百具『金羅漢』，而這通天香、陽氣燭跟金羅漢，得去哪家店，才買得到……」

「蕭居士。」弘日法師打斷了蕭居士說話，笑說：「這些細節我們慢慢討論，現在先最重要的，是大家願不願意……嘿嘿，團結。」

「弘日法師說的是。」蕭居士點點頭，望了望和何仙姑跟張道士。「兩位前輩應該願意合作對吧。」

「願意啊。」何仙姑跟張道士都點點頭。「有錢大家賺嘛。」

劉乩身嚷嚷問：「講了半天，還是沒講我能分多少啊。」

蕭居士笑著說：「你能分多少我不敢說，這個我們接下來會仔細討論，畢竟每家店裡每樣東西利潤都不一樣，但我可以保證，換算成日薪，絕對比你自己混要賺太多了——其實你心裡有數，你幹這行還沒多久對吧，這次有這麼多前輩手把手帶著你，讓你邊賺邊學，這筆幹完了，之後你可以自己賺。」

「有道理耶……」劉乩身顯然被蕭居士這番話說動，連連點頭，說：「那算我一份吧。」

蕭居士跟著望向紅牡丹，說：「這位……紅小姐是吧，妳意下如何？」

「嗯。」紅牡丹剛剛默默吃著自己的餐點，滑看手機，此時蕭居士一連喊了數次，這才抬起頭，說：「我聽不懂你們說什麼啊，這次是爸爸派我來這裡工作的，我不跟別人合作。」

「呃……」蕭居士愣了愣，堆著笑臉說：「那，方不方便給我令尊的聯絡方式，我和他聊聊。」

「我問他要不要跟你聊。」紅牡丹對著手機點點按按半晌，說：「但爸爸不喜歡接電話，我傳訊息問他了，看他什麼時候回我，再跟你講。」

「是……」蕭居士搓搓手，望向謝初恭，說：「這位是……社長對吧，所以是你作主？」

「原則上……算是我作主啦。」謝初恭打著哈哈，指了指身旁文孝晴，說：「但實際上本社通靈業務，都由文孝晴小姐負責，讓她跟你談吧。」

「好。」蕭居士望向文孝晴。「文小姐……」

「怎麼辦……」文孝晴盯著正在播放連續劇的手機螢幕，不耐地按下暫停鍵，微微仰靠椅背，扠手抱胸微笑說：「雖然我不介意跟神棍辯論，但是現在沒有觀眾，還有辯論的必要嗎？」

「辯論？我們不是要辯論……」蕭居士面露尷尬，一旁何仙姑面露不悅，說：「文小姐，妳說誰是神棍？」

一旁劉乩身呵呵笑地幫腔：「這裡有誰不是嗎？」

「我跟我們社長不是啊。」文孝晴笑著望了望紅牡丹。「另外，牡丹小姐應該也不是。」

「等等，妳是說這裡答應跟蕭居士合作的人都是神棍？」何仙姑不悅地說：「我說妳這人到底怎麼回事，從一開始就沒給過其他人好臉色，早前我對妳好聲好氣，妳真把自己當回事啦？照妳說的，我們都是神棍，就妳才會通靈？」

「不是只有我。」文孝晴瞅了瞅紅牡丹，說：「還有她——我前一句才說過不是嗎？妳記性不好？仙姑。」

「妳……」何仙姑重重拍了桌子，像是要發作，卻被蕭居士攔下。

「別吵別吵……」蕭居士苦笑說：「文小姐，我們是不是得先定義一下何謂神棍？」

「定義字典裡就查得到。」文孝晴點點頭，說：「就是打著神鬼名義騙人牟利——」她說到這裡，望著蕭居士，說：「你接下這件案子幫龐家處理鬼屋，你看得見鬼嗎？」

「……」蕭居士乾笑兩聲，說：「我如果說我看得見呢？」

「蕭居士說他看得見。」文孝晴先後望過何仙姑、劉乩身、張道士和弘日法師。「你們呢？你們也看得見鬼，能跟鬼說話嗎？」

「能啊，怎麼不能！」何仙姑大叫。「妳能證明我們是假的？」

張道士哼哼說：「我天生有慧根，剛出生就有土地公上門祝賀。」

劉乩身賊笑著說：「我昨天才跟女鬼打砲嘿嘿。」

「很好。」文孝晴從包包裡取出一支折疊手機，放在桌上。

這支折疊手機，是女鬼伶伶的新家——數個月前，伶伶被過勞死去的遊戲企劃林聖凱從網路世界送回真實世界，成為了通靈事務社正職員工。

文孝晴嘗試用淘汰的舊手機，替伶伶打造一個新家，方便平時攜帶外出——那折疊手機所造的新家，內部格局和過去伶伶受困網路世界時的房間差不多，但伶伶自從離開網路世界後，便無法像以前那般透過網路，隨意進出他人手機窺視祕密了。

「伶伶，開工了。」文孝晴用手指輕輕敲了敲桌上的折疊手機。

跟著她拿起自己手機快速按了按，向眾人展示手機螢幕上那筆記程式，上頭寫著一行字——

剛剛在房間裡，我們社長說……

文孝晴將手機晃過眾人眼前，問：「我接下來，會寫我們社長說了什麼。」她這麼說完，飛快打下後續文字——

這件案子要是順利完成，夠我們吃一整年了。

文孝晴打完字，盯著何仙姑，笑問：「我寫了什麼？」

「我怎麼知道妳寫了什麼！」何仙姑惱火說：「這跟能不能看到鬼有什麼關係？」

「如果妳看得到鬼，那現在應該看得見桌上的伶伶。」文孝晴微笑環視眾人。「她是我們通靈事務社的正式員工。」

「桌上？」「桌上有什麼？」眾人聽文孝晴這麼說，紛紛望向長桌，但只見到桌上擺著眾人餐點和隨身物品，除此之外什麼也沒有。

唯獨紅牡丹眼睛睜大，咧嘴笑著盯視長桌折疊手機上方。

文孝晴繼續說：「如果你們跟我一樣，能見鬼、能跟鬼說話作朋友，那你們應該也能帶個靈界朋友來，叫他繞到我背後，不就能看見我現在手機螢幕上究竟打了什麼字嗎？」文孝晴說到這裡，又望回何仙姑。

「我聽妳鬼扯——」何仙姑氣得臉紅脖子粗，也取出手機，劈里啪啦打了好一陣，對著文孝晴尖吼。「妳現在叫妳那隻鬼員工過來看看我打了什麼字？」

「伶伶。」文孝晴彈了記響指，接著扠手靠著椅背，盯著何仙姑，然後一字一句地說：「臭、婊、子、一、臉、賤、樣、自、以、為、了、不、起、跩、什、麼、跩……」

何仙姑先是詫異，跟著有些恐慌，回頭東張西望半晌，盯著身後那面大窗，大笑說：「想騙我啊，妳看了窗戶反光！」

「妳可以躲在房間裡打字。」文孝晴反手指了指後方長廊。

「好！」何仙姑氣急敗壞地拿著手機奔至後方長廊，也沒進房，而是從長廊轉角探頭出來偷瞧文孝晴動靜，一面打字。

文孝晴動也不動，扠手閉眼，背對著何仙姑。

何仙姑敲了半晌，這才探頭出來，喊：「我打了什麼字？」

「別急啊，妳打那麼多字……伶伶要來回跑好幾趟。」文孝晴一面說，一面在自己手機上打字，不時停頓等待伶伶回報，過了一分鐘，這才將手機攤放在桌上，轉頭對何仙姑說：「自己來看，我打的字跟妳打的字，一不一樣？」

蕭居士、劉乩身、張道士、弘日法師，不約而同起身探長脖子，望著文孝晴手機螢幕。

何仙姑緊張兮兮走來，將手機放在文孝晴手機旁。

兩塊螢幕上，包含標點符號，不多不少都三十九字——

我爺爺何水田，外號田雞，屁股上有塊疤。他有年跟我奶奶吵架，被我奶奶用牙齒咬的。

一字不差。

「妳……妳怎麼做到的？」何仙姑不敢置信，顫抖退開老遠。「魔術？妳懂變魔術？還是在走廊偷偷裝了監視器？」

「讓我來！」劉乩身取出手機，胡亂敲了敲螢幕，蓋在桌上，問：「我手機上寫了什麼。」

文孝晴說：「你螢幕蓋在桌上，伶伶沒辦法看，你要留塊空間給她……」

「啥小啊……」劉乩身拿起手機，放在胸口。

「你手機貼在胸口跟蓋在桌上有什麼不同……」文孝晴扭頭望向他處。「我不看你，你別緊張兮兮……喂！等等！你問我你打了什麼字，結果是張屌照？你變態啊？」

「啊？」蕭居士擠到劉乩身身後，見他手機螢幕上果然是張皺巴巴的自拍屌照。

「大家別被她唬了，這是魔術！」何仙姑指著文孝晴尖叫。「她是變魔術的，我知道了，她事先在如意樓裡裝了針孔攝影機，一定有方法，打死我都不相信天底下有這種事……」

「原來八仙轉世的何仙姑，還是個無神論者啊。」文孝晴淡淡笑了笑，起身收去折疊手機，拉起謝初恭。「吃飽了，我們回房間吧。」

文孝晴走出兩步，又停下腳步，回頭對驚愕得說不出話的蕭居士等人說，說：「你們放心，我不會妨礙你們談生意，反正你們根本熬不過今晚，我能給你們的忠告，就是富貴苑裡的『朋友』，你們是真惹不起，趁現在天還沒完全黑，趕快回房整理家當，乖乖過來如意樓待著，看是今晚擠在一起打地鋪也行、猜拳搶剩下的空房也行，總之別離我房間太遠，大概就不會有事。如果真有事，就大聲求救，或是傳訊息給我也可以，我雖然瞧不起你們這些騙子，但不至於見死不救，你們自己看著辦吧。」

文孝晴說完，和謝初恭回房。

長桌周圍一行人，你看看我我看看你，都像是有滿肚子話想說，但無人開口。

一片寂靜聲中，唯獨紅牡丹笑呵呵地對著手機說起話來。

「爸爸，我跟你說喔，我在這邊碰到一個怪女人，她手機裡也藏了隻鬼，是個女學生耶！我覺得你可能會喜歡她，要不要我帶她回去見你？雖然我不怎麼喜歡她就是了……不過那怪女人的老闆好帥好可愛喔，我想當他老婆，行不行？他身上也帶著一隻小鬼耶。晚點你起床聽完錄音，記得回我喔。」

長桌眾人聽紅牡丹笑聲詭異，說話內容更是離奇，不由得面面相覷，都有些懼意。

□

「阿晴……」謝初恭回房關門，按下門鎖，喃喃問：「妳有沒有聽到牡丹小姐的話？」

「聽到了。」文孝晴哈哈一笑，對謝初恭說：「我們社長又帥又可愛，又迷倒一個妹妹了。」

「噓——」謝初恭豎指擋在嘴前。「妳小聲一點，我覺得牡丹小姐怪怪的，我有點怕她……」

「你怕什麼？」

「妳明知故問喔，妳剛剛自己說了，那位牡丹小姐，跟另外幾個騙子不一樣。」

「你也感覺得出來？」

「剛剛在外面，只要她開口說話，或是離我近點，我口袋裡的晴天娃娃……倫倫就會發抖。」謝初恭摸出口袋裡的晴天娃娃，捧在手上望著。「倫倫也很害怕那位牡丹小姐。」

女鬼伶伶也現身，她穿著學生制服，說：「孝晴姊，那個怪女人什麼來頭啊？她一說話，我都會起雞皮疙瘩啦……雖然我不曉得鬼有沒有雞皮疙瘩……但是我很怕她，剛剛要不是妳在場，我一定不敢出來。」

文孝晴思索半晌，說：「你們別怕，在我的領域範圍裡，那些稀奇古怪的法術都沒有用，等等你們負責保護社長，我負責保護你們。」

「那我呢？」一個古怪聲音自文孝晴包包中傳出。

「妳負責保護我。」文孝晴笑著拍拍隨身包包。「別說話，別讓人發現了，這樣才能給他們一個驚喜。」

「好像很好玩，嘻嘻。」那聲音說完，便再無動靜。

□

晚上十點整，文孝晴托著筆電窩在沙發上看連續劇，謝初恭躺在床上望著天花板比手畫腳，神情頗為興奮。

畢竟富貴苑這件案子，是通靈事務社開張至今第一筆「大案子」，酬勞金額是龐家主動提出的，遠超過通靈事務社過往收費標準，倘若順利結案，光是前金就有七位數——他打算換台新車。

「等等。」謝初恭想到什麼，坐了起來，望著文孝晴。「如果……我是說如果，要是這裡的『朋友』也跟黃老先生一樣，不想離開，怎麼辦？」

「……」文孝晴靜默半晌，說：「其實我也還在想等等見了那些『朋友』，究竟該怎麼說服他們離開，不過……當初我沒有硬趕黃老先生，除了我不想勉強他老人家之外，另一個原因，是我趕不走他。」

「我懂了。」謝初恭點點頭，明白文孝晴的意思。「富貴苑裡的『朋友』，沒有黃老先生厲害，我們可以來硬的，」

「社長，我明白你想換新車的心願，但我還是希望盡量尊重這些『朋友』本身的意願。」文孝晴苦笑說：「我們不是來討債的，他們沒欠我們什麼。」

「唔……」謝初恭聽文孝晴這麼說，點點頭，說：「我知道，不勉強妳，頂多我回去再多接幾件抓姦案件，慢慢存頭期款……」

他還沒說完，文孝晴闔上螢幕，起身放下筆電，提起包包掛上肩，說：「牡丹小姐開始行動了，我們也準備來開工吧。」

「妳還能感應活人？」

「我是感應她帶在身上的那個傢伙。」

「妳說她那隻木偶？我記得好像叫小丑對吧？」謝初恭呆了呆。「妳說的厲鬼，就是那個小丑？」

「嚴格來說，是住在木偶裡的厲鬼。」

「厲鬼……有江姊凶嗎？」

「嗯……」文孝晴想了想，答：「差不多凶喔。」

「哇……」謝初恭回想當初初次與江姊交手時的模樣，不由得打了個冷顫。「那真的要小心她……」他沒說完，突然聽見外頭響起一陣騷動。

兩人連忙出房，轉過長廊來到待客廳，只見劉乩身、蕭居士、張道士、弘日法師等，全聚在幾扇面向中庭的大窗前，望著樂業樓——那是過去老屋主次子一家居住的房子。

文孝晴和謝初恭朝眾人聚集的那排窗走去，遠遠見到本來應當漆黑一片的樂業樓窗內，閃爍著妖異光芒；一陣陣青光、綠光、紫光，在整棟三層樓各扇窗內此起彼落，有些窗沒拉上窗簾，隱約可見有個身影穿梭其中。

「牡丹？是那個怪妹仔？」劉乩身眼尖，猛地認出剛剛一個奔過窗邊的人影似乎是紅牡丹。

文謝兩人來到窗邊，仔細望去，只見紅牡丹在樂業樓二樓幾扇窗邊，奔來躍去，像是在追捕著什麼。

謝初恭揉揉眼睛，只覺得樂業樓幾扇窗裡，除了紅牡丹外，似乎還閃動著另幾個人形身影。

「樂業樓裡面還有其他人？」「那個怪妹仔在幹嘛啊？」眾人專注盯著樂業樓窗內動靜，劉乩身脫口說出。「幹，他們在玩老鷹抓小雞喔？」

「那是老屋主二兒子一家……」文孝晴站在窗前，遠遠望著樂業樓幾扇窗裡那身影，只見紅牡丹張揚著雙手，來回奔竄嚇唬被她逼到角落的幾個黑影。

那些黑影兩大兩小，確實與當年接手富貴苑、住進樂業樓的老屋主次子一家相符。

眾人遠遠聽見紅牡丹厲笑一聲，獵豹般撲向黑影。

樂業樓窗內一陣激烈異光閃動，跟著黯淡下來，眾人便看不清漆黑樂業樓內的動靜了。

劉乩身等面面相覷，都不知道紅牡丹究竟在做什麼，眾人見文孝晴也在，便不約而同望向她。

「她抓到老屋主次子一家了。」文孝晴淡淡地說：「她接下來的目標，應該輪到長子夫妻了吧。」她這麼說時，穿過眾人身旁，走向另一端靠近安居樓的那幾扇窗，喃喃說：「不過安居樓裡只有一隻鬼，我猜長子亡魂不在富貴苑，我記得龐家人說老屋主長子是在車禍死的，他死後魂魄沒有回家……」

「所以……安居樓裡，就剩下那個跟婆婆鬥法，鬥到發瘋的大嫂？」劉乩身、蕭居士、張道士、弘日法師等你看看我我看看你，劉乩身愣愣地說：「那何仙姑……不會有事吧？」

「何仙姑?」文孝晴來到接近安居樓的幾扇窗前，轉頭望著擠來的劉乩身等人，問：「何仙姑在安居樓裡?」

「她……」蕭居士尷尬攤攤手，說：「她說她想先睡，要我們自己聊……」

剛剛那場不甚愉快的長桌會議過後，一票大師們表面上強作鎮定，但心裡或許都記著文孝晴臨走前的那番話，大夥兒全聚在如意樓討論分紅細節、討論婆媳鬥法恩怨、討論富貴苑房價，就是不願回自己房間過夜。劉乩身甚至搶先一步，佔下如意樓最後一間客房，說他懶得走回主屋富貴樓，今晚要睡客房。

唯獨何仙姑堅稱文孝晴裝神弄鬼，是為了嚇走所有人，好讓自己獨佔這筆生意，儘管這件案子酬勞是固定的，但何仙姑認為文孝晴肯定也和大夥兒一樣，有合作收取回扣的商家，倘若能獨自攬下整件案子、舉辦數個月的長期法會，那全部利潤可比單純驅魔酬勞多得多了。

總之，她不信文孝晴說的任何一個字，她要回房休息。

她在安居樓裡挑中的過夜房間，就是當年長子夫妻的主臥房。

「幹？何仙姑要睡長子夫妻主臥房？裡面……沒有符咒？」劉乩身問：「不是說當年婆媳鬥法，把血符貼得到處都是？」

「我下午陪她挑房時，是沒看到什麼血符啦……」蕭居士當時與何仙姑一同進安居樓挑選房間。「婆媳鬥法是更早幾年的事，龐家不是說後來次子回國接手富貴苑，早請人打掃乾淨了吧……」

「對啊，次子回富貴苑好幾年後，大嫂死在療養院裡，骨灰送回富貴苑之後，次子一家才走的。」眾人你一言我一語地討論。「不對啊，那大嫂骨灰送回來前，富貴苑都沒事？龐家不是說婆婆也成厲鬼了？」

「傻瓜，婆婆是次子親媽啊，當然不會害自己孩子。當年婆媳鬥法，就是在爭產，次子接手富貴苑，那婆婆心願達成，當然不會作祟了。」

「婆婆在地底。」文孝晴突然插口：「我猜這裡應該有我們不知道的地下室。」

眾人聽文孝晴開口，立時又靜下來，儘管他們都不滿文孝晴稱他們神棍，但在這入夜之後的富貴苑裡，文孝晴開口說的話，聽在眾人耳裡，有種說不上來的說服力。「妳說婆婆在地底……是什麼意思？」

「我還不太清楚。」文孝晴說：「她的亡靈被一股奇怪力量封印著，我猜是一種特殊的禁錮法術——龐家人說，當年婆媳鬥法，婆婆先死，大嫂成天捧著婆婆的骨灰上市場買活雞，說要用雞血施法讓婆婆永世不得超生，我猜是大嫂背後的法師教她的邪術，作用是將婆婆魂魄封印在骨灰罈裡，防止婆婆亡靈向她報仇。」

「是喔……」蕭居士、劉乩身、張道士、弘日法師幾位大師，過去也曾無數次對「客户」說過更曲折離奇百倍的故事，現在卻無人敢接文孝晴的話。

他們過去在客户面前能言善道的那張嘴，此時此刻全然派不上用場。因為他們的嘴是用來對付客户的，然而此時此刻的富貴苑裡，沒有客户。

要這些大師們煞有其事地和「同行」聊法術、聊神鬼，不免有些尷尬，他們寧願聊分紅、聊抽成、聊如何合作從龐家人口袋中掏到最大的酬勞。

「文小姐……」蕭居士望著文孝晴，喃喃問：「我就問一句話，妳真能通靈？妳說的那些東西，究竟是真的，還是像何仙姑說的那樣，只是想嚇退我們？」

「……」文孝晴冷笑兩聲，說：「何仙姑被大嫂附身了，等等你自己問她吧。」

「什麼？」眾人聽文孝晴這麼說，可都是一驚，張道士則是一掌拍向自己的大腿，氣呼呼地說：「媽的老子偏不信妳，妳說何仙姑被鬼上身？我現在就去問她，看她究竟有沒有……」張道士還沒說完，便聽見安居樓發出一陣玻璃碎響聲。

一個身影自安居樓二樓撞破窗户，啪地落在中庭。

正是何仙姑。

何仙姑歪歪扭扭地在中庭漫步，她的步伐扭曲詭異，仔細一看，她左腳踝斷了，但似乎一點也不覺得疼。

她又走了兩步，仰頭望向如意樓眾人聚集的這幾扇窗，淒厲一笑，尖聲叫：「有客人呀！有客人怎麼沒叫我——」

下一刻，她飛快奔向如意樓。

「哇！」眾人被何仙姑這舉動嚇壞了，紛紛退離窗邊，目不轉睛地盯著樓梯口驚呼嚷嚷：「何仙姑怎麼了？」「她發瘋了？」「你們有沒有看到她腳斷了耶！腳斷了還那樣跑！」「她真被大嫂上身了？」

磅磅磅磅磅——激烈怪異的腳步聲，伴隨著何仙姑淒厲怪笑聲，來到如意樓下。

「有客人啊……怎麼不叫我呀……是哪裡來的客人啊？」

何仙姑操著詭異的腔調呢喃碎語，一跛一跛地走上如意樓待客廳，盯著眾大師們。

「張道士。」文孝晴瞅著張道士，笑嘻嘻地說：「你不是有問題要問何仙姑？現在她上來了，你怕了嗎？你說你師承誰啊？」

張道士瞪大眼睛、臉色難看，還沒開口，身旁的小道士已經按捺不住，奔過眾人身邊，攔在何仙姑身前，馬步一紮，左手捏著蓮花、右手比個劍指，倏地指向何仙姑眼前，大聲厲喝：「何女士！回答我一個問題！」

「你是……」何仙姑歪著腦袋盯著小道士，笑容裡流露出濃濃狠辣氣息——當年大嫂與婆婆鬥法時，除了自己施術之外，更三天兩頭找法師術士進門幫忙擺壇作法，當時富貴苑裡只有兩路人馬——不是大嫂的人，就是婆婆的人。「誰的……客人啊？」

「妳先回答我——妳是不是何女士？」小道士正氣凜然地吼：「如果何女士妳和文小姐串通，裝神弄鬼想嚇我們走，那很可惜，妳的詭計已被我師父看穿！若妳不是何女士，而是厲鬼上了何女士的身，那速速離開何女士肉身，否則別怪我請天兵、借神火，燒妳三魂、誅妳七魄，讓妳永世不得超生——」

何仙姑湊近小道士面前細瞧他，喃喃說：「你們……好像……不是我的客人啊……我不記得……有請你們來……所以你們……是老太婆……的客人啊……」

她這麼說時，兩隻眼瞳異光閃爍，臉上爬漫起奇異黑紋。

「真是惡鬼上身？」小道士後退一步，馬步壓低，左手蓮花、右手劍指併到右脅處，做出一個準備發氣功的姿勢。

他不久前聽文孝晴數落一票大師，心裡可是不服氣到了極點，但那時張道士不吭聲，他也只當師父不願與年輕女子計較，便忍著不出聲。他追隨張道士三年，深信師父身懷絕世法術，覺得自己應當也得到師父真傳，過去一直沒有機會展現身手，那是機緣未到。

此時此刻，機緣終於來到！

「喝！」小道士一聲暴喝，抬步往前一跨，蓮花加上劍指往前戳去，不偏不倚戳在何仙姑人中上，同時厲聲喊：「太上老君急急如律令，借弟子三昧真火、降妖伏魔、驅逐惡……啊！」

他按在何仙姑人中位置的食指和中指，被何仙姑張口狠狠咬住，痛得淒厲慘叫，回頭向張道士求救。「師父，救我——」

眾大師一齊望向張道士，張道士硬著頭皮奔到何仙姑身旁，一手抓她胳臂，一手掐她的臉，急急說：「仙姑、仙姑！妳現在到底在玩什麼把戲？快鬆口啊，我徒弟手指都要被妳咬斷了……」張道士說到這裡，心中恐懼更盛——何仙姑個頭瘦小，但此時力氣彷彿大上十倍不止，即便張道士如何出力拉扯，何仙姑也文風不動，他低頭一看，何仙姑左腳踝那歪斜程度，怎麼看都無法藉由化妝偽裝，是真斷了。

何仙姑左手揪住張道士頭髮，將張道士腦袋揪至眼前，細細打量，嘴裡仍咬著小道士二指，含糊不清說：「你也是……老太婆……的客人吶……」

張道士彎著腰怪叫，兩隻手扯著何仙姑的手，卻怎麼也扳不開她手指，急得大吼：「各位道友呀，上來幫忙啊！」

文孝晴瞅了身旁劉乩身一眼，說：「老兄，你模仿的那位帥哥，在這種情況下，早就第一個衝上去了。」

「我……正準備要衝啊……」劉乩身摸摸鼻子，深深吸了口氣，繞到何仙姑身後，掏出金屬盒揭開，取出一片尪仔標，湊在眼前瞧了瞧，說：「不是這張……也不是這張……嗯？找不到耶……」

「快啊！道友們幫忙啊！」張道士沙啞狂吼。

弘日法師領著兩名小僧，膽顫心驚來到何仙姑左側，雙手合十喃唸起咒語；蕭居士站在張道士身後，左手高舉他那羅盤手錶，右手捻起念珠，比手畫腳老半晌，就是不肯上前。

「啊——」小道士慘嚎一聲，尿漏了出來——他二指骨頭漸漸被咬裂了。

「道友們，你們到底在幹嘛？」張道士狂吼。「幫忙啊！」

「我在找九龍神火罩，沒有九龍神火罩，收不了這隻鬼……」劉乩身繼續在金屬盒裡摸摸找找。

「對！我需要大日如來法杖！」弘日法師大喝一聲：「剛剛忘在中庭裡了，我現在去拿！」

「師父！我去幫您拿！」一個小僧這麼說，立時轉身往樓梯口跑。

「我自己拿！法杖得我親手開光，你們碰不得！」弘日法師緊跟在後，腳步飛快，另一名小僧見弘日法師跑了，也急著追了上去。

三人奔下一樓，兩個小僧本來奔入中庭，東張西望也沒看見有法杖，卻見弘日法師反方向跑進前院、往大門跑，只得轉身追去，喊：「師父，你不是要拿法杖？」

「法杖留給道友用，我家裡有一把備用的！」弘日法師這麼說，雙手提高僧袍，加快腳步奔出大門，氣喘吁吁地來到廂型車外，敲了敲車窗，對裡頭助理團隊說：「是這樣的……我家突然有急事，我得回去一趟……」

助理團隊打電話通知全哥，稱弘日法師主動棄權，全哥也沒多問，立時安排車輛過來接弘日法師去車站。

如意樓二樓，張道士仍被何仙姑揪著頭髮，按得跪地喘氣，再無力氣掙扎，氣喘吁吁地埋怨起劉乩身跟蕭居士。「你們兩個……看戲看老半天，就是不來幫忙？」

蕭居士人已退到樓梯口，不時往下望，似乎認真考慮棄權，劉乩身則指著文孝晴跟謝初恭大聲嚷嚷：「啊！你們兩個怎麼一直在那看戲？過來幫忙啊！」

「我想見識一下你盒子裡的法寶有多厲害啊。」文孝晴乾笑兩聲，終於抬步往前，走向何仙姑。「看來沒眼福了。」

「妳……也是……」何仙姑歪頭歪腦地盯著迎面走來的文孝晴，說：「老太婆……的客人？」

「好可憐。」文孝晴來到那跪地小道士身旁，直勾勾盯著何仙姑，說：「妳頭上、臉上……跟身上一大堆怪蟲子，就是讓妳發瘋的原因嗎？那是妳婆婆對妳下的降頭？」

「蟲……蟲……」何仙姑呆了呆，鬆手張嘴，放開張道士和小道士，撫著臉後退幾步，跟著開始拍打頭臉。「蟲……蟲……對呀……這些蟲跟了我幾十年啦！到底哪來的蟲啊！為什麼趕也趕不走？為什麼不放過我？」

「我可以幫妳把身上的蟲全拿下來。」文孝晴走到何仙姑面前，說：「不過有個條件……」

「妳是老太婆的人！」何仙姑突然瞪眼咆哮，雙手往文孝晴掐來，但她手指剛觸著文孝晴頸子，立時像觸電般，癱軟倒地暈死過去。

「噫！」蕭居士、劉乩身、張道士和小道士，不約而同驚駭大叫——他們都見到何仙姑癱倒之後，原地卻還直挺挺地站著一個陌生老太婆。

這老太婆正是大嫂，她死時年紀已比當年婆婆還老。她披頭散髮，兩隻眼睛灰濁濁的、一口牙漆黑歪斜、淌在口外的舌頭是紫黑色的，更驚恐的是，她全身上下、從頭到腳，爬滿大大小小、五顏六色的怪異甲蟲，每隻甲蟲的鞘翅上，都隱約可見奇異符紋。

大嫂與婆婆鬥法至最終，雖然鬥死了婆婆，卻也中了婆婆施下的降頭，全身爬滿常人看不見的鬼蟲，變成了徹頭徹尾的瘋子，瘋到活活累死丈夫、瘋到老家親人將她送入廉價療養院，直至死去。

「鬼啊——」劉乩身尖叫，拔腿往樓梯口奔去。

「……」蕭居士咬咬牙，也決定棄權，後頭張道士和小道士也奔了過來，四人你推我擠地奔逃下樓，頭也不回地往外跑。

「社長。」文孝晴轉頭望著謝初恭，指指地上的何仙姑，說：「你先把何仙姑送去給全哥吧，她需要送醫治療。」

「好……好……」謝初恭不敢正眼瞧大嫂，低著頭上前抱起何仙姑，下樓走過前院、踏出大門，來到對面廂型車前，將何仙姑交給助理團隊，稱通靈事務社並未棄權，工作仍進行中；跟著他臭臉埋怨一旁瑟瑟發抖的劉乩身、蕭居士、張道士等，說幾個大男人怎能自己逃跑，完全不顧斷腿的何仙姑。

幾位大師全低著頭，都不敢吭聲。

謝初恭也沒多說，轉身奔回富貴苑、奔過前院，返回如意樓。

□

文孝晴直直站著，任由大嫂掐頭，她閉著眼睛，凝神窺視大嫂夢境回憶——

有個年邁老婦人頻繁地出現在幻境畫面裡，有時面貌和藹，對著「鏡頭」噓寒問暖；有時卻形跡鬼祟，躲在窗邊或是牆角窺視「鏡頭」；有時披頭散髮揪著「鏡頭」大吼大叫；有時抓著大把血符到處亂貼；甚至還有一幕，老婦人抱著一隻無頭雞，直接以手指從無頭雞斷頸處沾血，胡亂抹畫牆壁。

而「鏡頭」，就是大嫂雙眼。

這亂七八糟的畫面裡，也穿插著聲聲尖利如同鬼魅的嘶吼，且是兩個人的聲音，有時自老婦人方向飆來，有時則從鏡頭位置怒吼回去。

儘管一幕幕怪異畫面交錯飛梭，但文孝晴自然明白，這是大嫂生前所見畫面。而反覆出現的老婦人，正是與大嫂鬥法的婆婆。

畫面中偶爾才出現老屋主長子的畫面，大多是心力交瘁的模樣——據龐家人說，當時長子剛接班父親建商事業，大多時間都得往返各地奔波交涉，在家時對於後媽和妻子間的激烈交鋒壓根無力調停，因此自始至終，都插不上手。

又轉過十餘幕畫面，老婦人不再出現在畫面裡。

取而代之的，是一只漆黑骨灰罈。

婆婆被鬥死了。

骨灰罈外纏捆著赭紅色的符籙麻繩，麻繩上還繫著一束束稀奇古怪的瑣碎綴飾。

骨灰罈有時擺在床頭，有時擺在餐桌，有時擺在廚房流理台，有時擺在一張陰暗漆黑的小供桌上。

畫面之外，迴盪著淒厲的吟咒聲，咒聲中不時伴隨著幾句咒罵。

「死老太婆……妳也會有今天……妳就算死了，我也不會放過妳……我要妳魂飛魄散，永世不得超生，嘻嘻嘻……」

再跟著，畫面變成一個陰暗窄小的房間，鏡頭對著房門。

一幕幕畫面飛梭切換，畫面始終是同一個房間，鏡頭也始終對著房門。

不時有穿著制服的人走進小房間，捧著鐵碗舀飯伸向鏡頭。

那些人有男有女，但態度都很差，有時會對著鏡頭摑甩巴掌、有時會將整個鐵碗砸向鏡頭。

畫面繼續切換，同樣的小房間、同樣對著門、同樣一批人進來餵飯……

這是大嫂瘋了之後，被送進療養院，經過許多年的處境。

畫面裡的小房間從舊變得更舊、地板從髒變得更髒，幾個餵飯的傢伙變得更老也更凶。

但鏡頭的視角始終未變。

這意味著大嫂進入療養院之後，一直被綁在同一個位置，或許是張床、或許是張椅子，總之，大嫂在那個位置上，待了許多年，直至死去。

畫面回到富貴苑，出現了次子一家四口飽受驚嚇的模樣。

這是因為死去的大嫂亡靈，隨著骨灰一齊被送回富貴苑，見到了和樂融融的次子一家，多年怨怒迸發，凶惡作祟，最終害死次子一家。

畫面再次變化，次子一家不再驚恐了，而是哀淒地與鏡頭對望。

因為他們也成了亡靈，徘徊在富貴苑樂業樓中。

畫面的最後，是何仙姑氣嘟嘟地在房中自言自語的模樣。

似乎在罵文孝晴。

鏡頭逼近何仙姑，伴隨著大嫂的喃喃碎語聲。

「妳……在我的房間裡……做什麼？妳……是誰啊？是……客人嗎？妳是……老太婆的人嗎？」

「啊。」謝初恭突然大叫：「是妳啊……喂！妳要幹嘛？」

文孝晴睜開眼睛，只見一只小丑木偶，飛撲上大嫂頭頂，雙手揪著一條鮮紅細線，勒住大嫂脖子。

紅牡丹站在樓梯口不遠，她十指鮮紅，像是沾著血，牽著十條若隱若現的血紅絲線，連著小丑木偶腦袋、四肢和軀幹。

她雙手一揚，小丑木偶飛躍上天，翻了個跟斗，落回紅牡丹腳邊。

大嫂也被拖拉上半空，然後落在紅牡丹身前。

小丑木偶再次攀上大嫂身子，兩隻小木手飛快亂抹，像是隻小蜘蛛，雙手不停甩出紅線，將大嫂整個身子纏繞成一枚紅色大繭。

文孝晴望著紅牡丹，說：「剛剛妳就是這樣抓了老屋子二兒子一家？」

「對。」紅牡丹點點頭，跟著伸手指指被纏成紅色大繭的大嫂。「還有她，然後是——跟她鬥法的婆婆，嗯，那婆婆在哪裡呢？我找了半天，找不著呢，奇怪，我明明聞到了那老鬼的味道呀……」她說到這裡，閉起眼睛嗅了嗅，說：「這裡味道比較淡了……難道在主屋？可是我剛剛仔細找過，沒有找到呀……」

「在地下。」文孝晴說：「這裡應該有地下室，婆婆被法術囚禁在一個黑色骨灰罈子裡。」

「妳怎麼知道？」紅牡丹睜大眼睛瞪著孝晴。

文孝晴不以為意地說：「一部分是感應到的，一部分是剛剛看到的。」

「看到的？妳怎麼看？」

「我只要摸著鬼，就能看見他們生前死後的回憶。」

「有這種事？我才不信！」紅牡丹厲笑：「妳說地下室在哪裡？」

「我剛剛還沒看仔細。」文孝晴指了指大嫂，說：「妳放她出來，讓我好好問她，她知道婆婆在哪，當年她無時無刻捧著婆婆骨灰罈作法。」

「我不信妳——」紅牡丹朝著文孝晴做起鬼臉，笑嘻嘻地說：「把妳們帶來的三隻鬼也給我，爸爸要我多抓點鬼回家。」

「抱歉。」文孝晴苦笑搖搖頭。「那三位是我朋友，不會給妳。」她伸手指著紅牡丹身前被紅線綁縛的大嫂，繼續說：「那位大嫂、老屋主二兒子一家，跟地下室裡的婆婆，我也不會讓妳帶走。」

「笑死人！妳在說笑話嗎？」紅牡丹淒厲尖笑。

「很好笑嗎？」文孝晴微笑問。

「對啊！」紅牡丹雙手一揚，小丑木偶飛撲上空，竄向文孝晴。

「阿晴小心！」謝初恭像是足球守門員般，縱身飛撲抓住小丑木偶，落地時卻發現小丑木偶並不在他手上。

而是站在他頭上。

小丑木偶飛快甩出紅線，纏裹謝初恭手腳，轉眼就將謝初恭纏成一枚人肉粽子般動彈不得。

「呀哈哈哈哈——」紅牡丹指著文孝晴尖聲大笑。「妳以為妳很厲害？妳有辦法阻止我搶妳的鬼朋友？這還不好笑嗎？我不但要搶走妳的鬼朋友，也要把妳也帶回家送給我爸爸，還要把妳老闆帶回我家——我喜歡他，我要他當我老公，我要替他生一堆白白胖胖的孩子！」

「我拒絕！」謝初恭喝斥一聲，惱火站起。「我不要跟妳生孩子！」

剛剛緊緊捆縛他手腳的血紅絲線，此時脆弱得一掙即斷，絲絲縷縷飄在空中，漸漸化散。

「小丑，你綁牢點！」紅牡丹惱火跺腳，跟著盯著謝初恭雙眼，柔聲說：「謝社長，你不想跟我生孩子？你不喜歡孩子？」

小丑木偶再次忙碌地往謝初恭腦袋甩下更多血紅絲線，纏繞謝初恭全身。

「幹什麼啦！」謝初恭氣憤掙斷血紅絲線，一把抓下頭頂上的小丑木偶，重重扔在地上，指著紅牡丹大罵：「牡丹小姐，我不是不喜歡孩子，我是不想跟妳生孩子，我對妳沒興趣，不想當妳老公！」

「……」紅牡丹瞪大眼睛，愣愣望著謝初恭，像是一下子無法接受謝初恭這番話。

文孝晴矮身拾起小丑木偶，拿在手上左右翻看。

「誰准妳碰我的小丑了！」紅牡丹發狂般撲向文孝晴。

「喂妳別亂來……」謝初恭連忙上前攔阻紅牡丹。

紅牡丹迅速後退一步，舉起雙手，將數隻手指放入口中，倏地臉頰一凹，彷彿在吸吮自己的血，跟著她探頭鼓嘴，瞪大眼睛像是準備朝謝初恭噴吐口中鮮血。

但文孝晴手一舉，抓著一個防狼噴霧器，搶先一步噴了紅牡丹滿臉辣椒噴霧。

「咳噗——」紅牡丹彎腰摀臉，滿口血霧全吐在了地上。

那些血霧在她腳前幻化成一個伏地鬼影，鬼影倏地站起，但還沒挺直身子，轉眼又潰散了。

紅牡丹驚恐地揮手亂舞，氣急敗壞地嘶吼怪叫：「小丑！你怎麼了？為什麼你不受我控制？為什麼我的血鬼咒沒效？賤女人妳做了什麼？為麼我的法術失效了……」

「因為妳站在我的領域裡。」文孝晴這麼說：「下午妳不是問我，為什麼妳的小丑怪怪的？因為那時我張開領域，在我的領域裡，鬼怪沒辦法傷我一根寒毛、法術也會失效，剛剛我想知道妳究竟想玩什麼把戲，所以暫時『關閉』了領域，直到妳對我們發動攻擊，我才重新張開領域，然後就變成這樣了。」

「鬼扯，什麼領域，我才不信妳這麼厲害！」紅牡丹尖叫亂扒，突然雙眼一瞪，尖叫說：「什麼東西？什麼東西進我身子裡了？」

「是我呀——」一張奇異中年婦女臉龐，在紅牡丹右臉頰上隱隱現形，笑呵呵地說：「阿晴大王派我來上妳身。」

中年婦女是江姊，生前被仇家分屍，化為厲鬼，長年躲在一座昂貴衣櫃中，作祟嚇唬每一任衣櫃主人，在通靈事務社某件委託案裡，被文孝晴連同亡靈帶著衣櫃，一併送去黃老仙家，再也無法作祟嚇人。

後來，道行深厚的黃老仙，替江姊解開了纏繞在衣櫃上的長髮，讓江姊在那透天別墅裡驅趕蟲鼠，當個專屬管家。

這次富貴苑事件裡，文孝晴研判倘若委託人敘述為真，那麼這大宅作祟怨魂不但極其凶厲，且可能不只一隻，因此特地向黃老仙借將，帶著江姊一同南下開工。

「咦？」謝初恭見江姊附上紅牡丹身子，控制她手腳四肢，也露出訝異神情。「為什麼江姊可以附身？妳在自己的領域裡，可以讓指定的鬼享有特權嗎？」

「在我的領域裡面，法術和鬼物力量會失效，是因為受到領域力量的『干預』，當鬼怪和法術接近、侵犯我時，就算我的意識來不及反應，但身體也會本能地使領域發動『干預』，所以我不怕鬼；而某些離我較遠的法術跟鬼怪，我能感應得到，但不會隨便啟動『干預』——不然我平常到處趴趴走，走到哪都解開一堆法術封印，那不就天下大亂了嗎？所以地下室裡的婆婆，現在還被封印在骨灰罈，沒辦法出來。」

「有道理……」謝初恭點點頭。

「除此之外，我也可以對領域裡的鬼，開放『例外權限』，就像是某些網路封鎖軟體的『白名單』一樣，也就是你說的『特權』，所以江姊能夠附身在紅牡丹身上，之前我讓倫倫附在那混蛋男人身上，也是一樣的道理。」

「對耶，我想起來了，大耳朵……」謝初恭點點頭，還瞥了自己右手一眼——當時他得知一隻叫大耳朵的小狗，被變態男人虐殺時，氣得一拳揍破廁所鏡子，右手也傷得不輕。

「你們在說什麼?你們想對我做什麼?」紅牡丹尖叫，江姊附在她身上，控制她手腳行動，主動找了捆繩子、拉來張椅子，坐下將自己雙腳牢牢綁在椅腳上。

「我們不想對妳做什麼，只要妳安靜一點。」文孝晴領著謝初恭來到紅牡丹身後，將她兩隻手，分別綁在椅背後頭。「我們還有工作要繼續做，請妳別礙事。」

「小丑……」紅牡丹尖叫哭鬧：「救我!救我!」

下一刻，她神情一呆，腦袋垂下，呼呼大睡起來。

江姊的獨特能力，是能催眠、迷惑常人心智，讓人出現幻覺，此時紅牡丹長年修習的邪術被文孝晴領域壓制，完全無法抵抗江姊附身催眠，轉眼便沉沉睡去。

文孝晴揭開紅牡丹背包，從中取出四只玻璃小瓶，搖了搖，說：「這應該就是老屋主二兒子一家。」她說完，望向呆佇在一旁的老太婆——大嫂。

大嫂仍努力試圖摘下那些攀在她頭臉上的奇異甲蟲。

此時她比起最初那瘋癲模樣，似乎冷靜許多——她和江姊不同，江姊生前即是瘋的，即便在文孝晴領域裡，依舊瘋瘋癲癲，但大嫂是被婆婆的降頭術影響了心智，因此當文孝晴重新發動領域之後，心智也漸漸恢復正常了。

「大嫂，妳還記得我剛剛對妳說過的話嗎？」文孝晴緩緩伸出手，從大嫂臉上，抓下一隻體型最為碩大的甲蟲——剛剛大嫂花了好大功夫，也摘不下這隻甲蟲，反而將臉扯得疼痛至極。

「妳……」大嫂望著文孝晴，不敢置信地說：「妳真能幫我把這些降頭蟲摘下來……」

「對。」文孝晴點點頭，托起那大甲蟲，鼓嘴一吹，甲蟲立時化成飛灰。她繼續替大嫂抓下頭臉上一隻隻大甲蟲，一面說：「我要請妳帶我找出妳婆婆的骨灰罈——妳現在還記得以前發生過的事嗎？」

大嫂思索半晌，先點點頭，又搖搖頭，喃喃說：「有段時間裡的事情我記得很清楚，可是後來發生的事……我記得一些，但感覺不太真實，像是作夢一樣……」

「因為妳婆婆對妳下了降頭，降頭術漸漸生效，控制了妳的心智，對妳來說，確實像是作夢一樣。」文孝晴苦笑了笑。「往好處想，妳後來被送進療養院的那段時光，對現在的妳而言，也變成一場夢了，雖然那場夢並不愉快。」

「我……後悔了……我做過火了……」大嫂喃喃說：「我只是想……替老公爭取更多保障，將來可以過好日子，結果……和那老太婆兩敗俱傷，還把老公給累死了……連小叔一家也被我……害死了，我並不恨他們，我……好希望從頭來過啊……」她這麼說時，雙手合十，流淚望著文孝晴斜揹在身上的包包。

文孝晴的包包裡頭放著四只小瓶，瓶裡囚著老屋主二兒子一家魂魄。

文孝晴暫時不打算解開瓶上封印，不然這家恩怨糾葛、誰欠誰多少，一時可難說清。

「妳還記得妳婆婆骨灰罈位置嗎？應該在地下室對吧。」文孝晴問。

「記得……」大嫂點點頭。

「帶我去吧。」文孝晴向謝初恭招招手，示意他跟上來，還回頭望著紅牡丹。「江姊，這裡先交給妳了，替我向她問些事情，例如她那位法師老爸又是何方神聖、她家在哪之類的東西。」

「遵命！阿晴大王，交給我就行了。」江姊嘻嘻笑了幾聲。

紅牡丹閉著眼睛，自問自答起來。

「妳叫什麼名字？」

「紅牡丹。」

「妳爸爸叫什麼名字?」

「紅齊天……」

文孝晴領著謝初恭一同隨大嫂下樓，前往主屋富貴樓，大嫂說，富貴苑四棟樓都有專屬地下室，但主屋富貴樓地下室造了兩層——地下二層其實僅有數坪大，出入口有些隱密，位於富貴樓地下一樓老屋主個人收藏庫中的一個小櫥櫃裡。

那是個數坪大的房間，裡頭擺放著老屋主經商時某些祕密帳本，以及歷任情人的照片、禮物和往來書信，似乎是間連婆婆生前都不知道的密室。

婆婆死後，那間密室被逐漸失心瘋、成日抱著婆婆骨灰罈，嚷嚷要替婆婆打造一座千年地牢的大嫂無意間找著。

她將密室打造成自己的專屬小祭壇，將婆婆骨灰罈供在其中——直到次子一家返國接手富貴苑，找清潔公司打掃了全家，也沒發現那地下小祭壇。

□

紅牡丹睜開眼睛，自床上坐起，轉頭望著床旁大窗，窗外天氣極好，晴空朗朗。

她下床，來到門旁木桌，檢視桌上那漆黑骨灰罈和八只小玻璃瓶。骨灰罈裡裝著婆婆，八只玻璃瓶裡，則分別裝著大嫂、次子一家四口，以及文孝晴的三位鬼朋友。

她走出房間，來到隔壁的兩間房，分別推開門檢視房內，文孝晴和謝初恭各自躺在兩間房裡的床上，雙眼被密密麻麻的血紅絲線纏繞，像戴上紅色眼罩般。

兩人一動也不動，像是中了迷術般沉睡不醒。

文孝晴是她要帶回家送給爸爸的禮物。

謝初恭是她要帶回家的準丈夫。

整棟如意樓煥然一新，破損的門窗、燈具已經全換上新的，本來積著厚重灰塵的家具和各角落，全都光亮潔淨；且不只如意樓，連同安居樓、樂業樓及富貴樓，中庭和前後院，同樣乾乾淨淨——這是一家中型清潔公司出動十餘名員工，努力工作十天的成果。

也因此，昨日傍晚，她帶領龐家代表，巡視過整座富貴苑後，從全哥手中接過一只小皮箱，裡頭裝著這筆案件的酬勞——這是爸爸的吩咐，爸爸習慣用現金與人交易。

她大大伸了個懶腰，全哥已將早餐擺在待客廳餐桌上，接送的廂型車也已經停在如意樓車庫裡待命，隨時能送她去火車站，等會兒她吃完早餐，整理整理，差不多就要回家了。

一小時後，紅牡丹揹著背包、提著小皮箱，登上火車，準備返回台東老家。

她來到座位坐下，將背包擺在腳前、將皮箱抱在懷中，只覺得眼皮好沉好重——為什麼這麼睏？昨天太晚睡了嗎？昨天做了什麼？

她完全不記得了，只想好好補個眠——反正從台中到台東的車程要數小時，她應該可以睡得很飽。

又過了半小時，她睜開眼睛，望著窗外晴空，看看時間，還早，她可以繼續睡——但她此時絲毫沒有睡意，她覺得自己一點也不睏了。

她稍稍挺直身子，瞧瞧懷中皮箱，隱隱感到有股不對勁。

儘管工作如預期般順利，父親交代的一切她都做到了，但就是怪怪的，她望望身旁空位，沒人。

她站起身探頭瞧瞧前後座位，錯愕不已，文孝晴和謝初恭不在她身邊。

他們一個是給爸爸的禮物，一個是即將和自己結婚的準丈夫。

但現在，人呢？

她抱頭瞪大眼睛，仔細思索，發現自己腦袋裡完全沒有早餐過後，搭乘廂型車前往火車站的記憶。

她甚至沒有吃早餐的記憶。

當她思索至此時，這才發現自己其實有點餓，那麼剛剛全哥擺在待客廳長桌上的餐點，最後被誰吃了？

跟著，她發現自己這十天的記憶，內容有些古怪，有許多自相矛盾之處——例如，第一天晚上，她不是被文孝晴和謝初恭綁在椅子上嗎？後來她是怎麼脫困的？是怎麼反過頭制伏兩人的？又是怎麼找著骨灰罈的？

對此，她完全沒有印象。

她只記得爸爸傳來訊息，要她別急著回家，穩穩當當把龐家人交代的工作完成，再帶著酬勞回去貼補家用。

她取出手機，驚覺這訊息紀錄與她印象中爸爸的訊息完全相反——爸爸一點也不介意這次龐家人開出的酬勞，因為她家其實並不缺錢，爸爸只要她快點將捕得的群鬼帶回去讓他進一步修煉邪術，但她稱自己長大了，有權決定自己要做什麼，她堅持完成這件工作，要爸爸別擔心，她會帶份大禮回去孝敬他老人家——

她十分肯定這些回覆內容不是她寫的，而是別人拿著她的手機，假裝成她，與爸爸傳訊。

她急忙撥了通電話給爸爸，許久無人接聽——爸爸長年晝伏夜出，白天多半在自家地窖裡睡覺，此時用手機無法聯繫上爸爸。

她點開通訊軟體，找著文孝晴帳號，傳了對話邀請。

沒有任何回應。

她暴怒地一連傳了幾十則訊息過去，半晌過後，依舊沒有文孝晴的回應，甚至沒有已讀的訊息。

她被文孝晴封鎖了。

她揭開自己的背包，驚覺小丑木偶也不在裡頭；她翻遍背包和隨身小包，甚至揭開皮箱翻找，都不見小丑木偶，且她那八只小玻璃瓶和骨灰罈，也不知去向。

龐家人給她的百萬酬勞，倒仍穩穩當當擺在皮箱裡。

最後，她從口袋裡，摸出一張便條紙，上頭寫著——

這次工作合作愉快，祝回家一路順風。妳的小丑木偶有點危險，我擔心妳睡醒之後，會在火車上做出傻事，所以暫時幫妳保管，等妳平安到家之後，我再找時間把小丑寄回妳台東老家。

通靈事務社　文孝晴

紅牡丹將字條反覆看過數次，雙眼爬滿血絲，恨恨盯著便條紙上文孝晴的署名。

CASE# 02

老哥

本次案件……不對，本次不是案件，算是員工旅遊。

就叫作「尋找狗狗之旅」好了。

我們會在台中多待幾天，吃點美食，四處逛逛，順便尋找狗狗。

對，就是亞當徵信社那件至今尚未完成的狗狗走失案。

我真的很希望能幫委託人找到狗狗啊……

高級餐廳裡，文孝晴與謝初恭舉杯相碰，發出叮噹一聲。

昨天傍晚，百萬酬勞入帳。

時間倒退回富貴苑案件第一晚，紅牡丹被綁在椅上，被江姊附體催眠，江姊問什麼，她答什麼。

那時，文謝二人在大嫂帶領下，在密室中找出婆婆骨灰罈。

文孝晴花費比想像中更少的口舌，便說服大嫂與次子一家隨她離開富貴苑，另覓落腳處——老屋主次子本就對富貴苑沒有太大執念，大嫂也需要文孝晴幫忙取下一身降頭惡蟲，更重要的是，文孝晴只要求他們離開富貴苑，將房子的使用權還給活人；但紅牡丹卻打算將他們帶回家給爸爸修煉邪術。

雖然大家都不知道紅家煉鬼是怎麼個煉法，但瞧那紅牡丹乖戾怪異性格，連女兒都能養成如此，又豈會善待「修煉素材」呢？

在文孝晴的領域影響下，恢復正常心智的大夥們，一致做出常人都能做出的抉擇，那便是隨文孝晴離開富貴苑。

至於那骨灰罈，文孝晴並未解除罈上符籙封印，也未詢問罈中婆婆意見，而是繼續讓她靜靜沉睡——雖說這樣有些取巧，但若按照委託人說法及大嫂供詞，罈裡的婆婆肯定也是一大凶靈，要是出罈見著大嫂，不曉得會迸發出什麼樣的火花，多一事不如少一事，文孝晴打算將骨灰罈帶回黃老仙家，再慢慢和婆婆「講道理」。

接下來九日，清潔公司進屋開工，文謝二人每日悠哉監工，紅牡丹則持續被江姊附體催眠，作著與真實世界情勢顛倒的夢；江姊按照文孝晴吩咐，附在紅牡丹身中，定時下樓向助理團隊取餐、露露臉，文孝晴則拿她手機向爸爸傳訊息報平安，稱自己長大了，堅持要完成這次工作，賺錢回家孝敬爸爸。

今日，文謝二人與紅牡丹一同搭乘助理團隊專車，前往火車站，江姊附在紅牡丹身上買了車票，上了火車，入座之後，江姊對紅牡丹進行最後一次催眠，令她深深沉睡後，這才離體穿透車廂，返回站在紅牡丹座位窗外的文孝晴隨身包包裡。

那時文謝兩人搖手向紅牡丹告別，然後離開車站，準備開始接下來幾天的「狗狗假期」。

在通靈事務社開張前數個月，謝初恭獨自經營的「亞當徵信社」，接下一起尋找走失寵物狗的案件，走失地點就在台中，委託人當時只有小學五年級，和走失的狗狗同歲，他用生澀的文字，寫了一段長長的訊息，傳進亞當徵信社網路社群頁面，敘述著他和狗狗那漫長的友誼歲月。

謝初恭與委託人傳過數次訊息、通過一通電話後，接下了這筆生意，象徵性地收下兩百元的訂金轉帳，開啟了一年多來的尋狗工作。

謝初恭從委託人社群頁面上挑了幾張狗狗的照片，列印出來，將其中一張夾在車內後視鏡上。

那是隻黃色土狗，兩隻耳朵一垂一豎，眼睛炯炯有神。

最初兩個月，他時常駕著車往返台中和台北，有時來台中一住就是數天，為了節省開支，他甚至睡在車上，他以委託人住家為中心向外擴大搜索範圍，尋遍台中所有浪狗收容所和中途之家，留下自己的聯絡方式和狗狗照片，但始終沒有得到回音。

之後，只要他有空，便會開車來台中晃晃，拜訪那些收容所和中途之家。但直到今日，依舊沒有找到狗狗。

數個月前，他無奈向委託人道歉，稱自己能力不足，找不回狗狗，將訂金退還給委託人；他對委託人說，之後他還是會定期向收容所或是中途之家打聽近況，如果有狗狗的消息，他會第一時間幫忙處理。

這次假期，便是社長謝初恭歡慶通靈事務社完成一筆大案子之後，安排的員工旅遊兼尋找狗狗之旅——他說文孝晴平時可以自由活動，不必陪他探訪收容所或是沿街詢問鄰里鄉親。不過文孝晴並不介意陪他找狗，她說她的自製遊戲裡需要一隻寵物角色。

展開一段尋找心愛寵物的旅程，似乎挺迷人的，所以她樂意陪他找狗，順便尋找靈感。

在正式尋找狗狗之前，他們還得替前一件案子收尾，要把富貴苑老屋主次子一家帶去台中機場「放生」——這是次子夫妻亡靈的請求，他們希望挑選適合且計畫前往相同目的地的登機旅客，搭個「順風機」返回他們過往留學的地方。他們覺得那裡很美，適合一家長眠。

文孝晴答應了這個要求，在台中機場廁所裡，讓他們離開。

在那之前，文孝晴和謝初恭還特地挑了一只迷你行李箱，將骨灰罈、裝著大嫂的玻璃瓶，以及紅牡丹的小丑木偶，一併放進行李箱裡，隨身攜帶，二十四小時不離開她的「領域」，以免大嫂或小丑木偶失控作祟。

一陣電話鈴響，謝初恭接聽，竟是狗狗走失案件的委託人父親打來的電話——原來委託人前兩天看見謝初恭在社群頁面打卡，知道謝初恭人在台中，便傳訊息向謝初恭打招呼，問他這次來台中，有沒有去拜訪收容所。

謝初恭說還沒去，等過兩天工作結束，他會在台中逗留幾天，繼續打聽狗狗下落。

委託人或許再次燃起一絲希望，拜託謝初恭重新受理他的案件，說狗狗或許就在某個地方，日復一日地等待主人帶他回家。

謝初恭說自己不會接受這筆委託，但在能力範圍之內，還是會盡力幫他打聽狗狗下落。

昨日，委託人哭著拜託爸爸媽媽，能不能晚點搬家、等找到狗狗再搬家——他爸爸升上主管，準備進總公司任職，會舉家搬去北部。

委託人爸媽這才知道，剛升上小學六年級的委託人，竟在一年前，私自雇用徵信社尋找他的走失狗狗。

委託人父母自然不相信世上有僅收取兩百元訂金就接案的徵信社，且後來還主動退還訂金。但瞧瞧委託人存摺紀錄，發現孩子確實所言不假。

但委託人父母仍然擔心，所以討論過後，委託人父親打來了電話，想直接和謝初恭聊聊，問明前因始末。

「您別擔心，案件已經結束了，我們不會向您兒子收取任何費用，不過我只要有空，還是會盡量幫忙打聽消息，您放心，純粹是義務幫忙，不會另外計費。嗯？您想知道原因啊？哈哈，其實我自己也不是很清楚……大概我也喜歡狗吧……我現在沒養狗，但是小時候養過，跟你們家狗狗的樣子有點像，哈哈……」

謝初恭客套寒暄一番，要委託人父親放心，他與委託人沒有簽訂任何合約，之後一切尋狗行動，全是他自願所為，倘若真找回狗狗，絕對送回委託人家，不會收取任何費用、也沒有任何要求。

謝初恭還說，如果委託人不相信，可以錄音存證，他可以把剛剛的話，再說一遍。

委託人父親有些意外，略微尷尬地說其實一開始就錄音了。

□

傍晚，文孝晴和謝初恭拖著小行李箱，來到台中港旁的沙灘，慵懶地踢沙看海。

「你剛剛在餐廳說你以前也養過狗，是什麼樣的狗？」

「跟車上那隻狗長得差不多。」

「有照片嗎？」

「沒有。」

「很小的時候養的？那時沒拍照？」

「是小時候養的沒錯，當時我家很少拍照，只有一、兩張照片，很久沒拿出來看了……」

「……」文孝晴望著踩在沙灘上的赤腳，沒有接話，像是在考慮該不該深問——此時從謝初恭的語氣和神情看來，當年那段故事似乎不怎麼愉快。

「以前我都叫牠『老哥』。」謝初恭望著遠方夕陽，乾笑兩聲說：「因為牠大我五歲——我很小的時候，父母就離婚了，我跟著爸爸。平常爸爸上班時，會把我寄放在附近雜貨店，拜託雜貨店老闆幫忙照顧我，每個月也會補貼雜貨店老闆一點保姆費用。那時每天老哥就站在雜貨店門口幫忙顧店，等我爸下班過來，再把老哥跟我一起接回家……」

文孝晴挑了塊乾淨沙地坐下，望著遠方漸漸落下的夕陽，靜靜聆聽謝初恭講述童年往事——

謝初恭上小學後，每天放學回家，就是和老哥玩，然後寫一下功課，再和老哥玩，再寫一下功課。

謝初恭老家是棟兩層樓透天公寓，二樓頂上還加蓋一層鐵皮屋堆放雜物，鐵皮屋沒有完全蓋滿樓頂，而是留下約莫三分之一的空間，種了些花草，像是一處小陽台。陽台外圍沒有女兒牆，僅有一面鐵欄杆。

每天黃昏，謝初恭就會抱著老哥，窩在二樓頂陽台欄杆後，像是動物園裡的動物般，揪著鐵窗欄杆遠望街道彼端，等待爸爸回家做飯。有時爸爸工作較忙碌，懶得做飯，也會帶便當或是鹽酥雞回來——其實比起爸爸做的飯，謝初恭更愛吃鹽酥雞。

因此當他抱著老哥窩在陽台，遠遠見到走來的爸爸手中，提著像是鹽酥雞的袋子時，就會忍不住歡呼。

他小學高年級後，有時不耐一直待在家裡，天氣好時也會帶老哥外出遛達。

雜貨店老闆每次見了他，都會叮嚀他別往人少的地方走，要是碰上壞人，那可糟了。

謝初恭表面敷衍稱會聽老闆的話，心裡卻不以為然，因為附近山上，就是台中監獄，過去爸爸曾經騎車載著他上山遛達，告誡他將來長大可別做壞事，要是做了壞事，就會被關進監獄裡。

小學五年級的謝初恭，腦袋十分單純，在他心中，監獄應該和廟差不多，電影裡的鬼都會怕廟，那麼壞人應該也會怕監獄才對。

他覺得方圓百里之內，應該不會有壞人出沒。

就算有，他也不怕，因為老哥會保護他。

老哥平時安靜乖巧，不管在家還是在街上，都不會亂叫，但必要時刻，也十分凶猛，例如有年中秋，爸爸邀幾名同事來自家樓下烤肉喝酒，那時他剛上小學沒多久，和爸爸同事小孩一同帶著老哥繞到自家後方防火巷裡，蹲在水溝旁看大群螞蟻搬家。

當時有三隻流浪狗，平時躲在山上，被節慶烤肉香引下山來，見前面聚著一票大人邊喝酒邊高談闊論，不敢過去，賊頭賊腦繞到後方，和謝初恭等狹路相逢，見兩個小孩手上各自捏著一根烤香腸，立時撲上去搶。

謝初恭和爸爸同事小孩嚇得要逃，先後摔倒，尖叫大哭。

老哥攔在他倆前頭，大戰三隻流浪狗。

平時乖巧安靜的老哥，在那瞬間彷如戰神，以一敵三，在爸爸和同事聞聲趕來之前，便將三隻流浪狗咬得落荒而逃。

一個五十幾歲同事大叔說，土狗早年被當成獵犬，英勇善戰、忠心耿耿，老哥看起來血統雖然沒那麼純，但性情和戰力可不輸給純種土狗。

同事小孩問，土狗打不打得過狼。

同事大叔說沒問題。

謝初恭也問土狗打不打得贏豹子。

同事大叔說不是穩贏，但有機會。

兩人再問，那土狗打不打得贏獅子或是老虎。

同事大叔說五五開。

爸爸和其他同事紛紛罵那大叔別講鬼話唬爛小孩——不過謝初恭沒聽進去，他緊緊摟著老哥，覺得像是摟著一頭專屬於自己的猛虎。

當時年幼的謝初恭並未意識到，即便老哥真是隻大老虎，也有衰老的一天。

何況老哥並不是老虎，只是隻土狗。

直到多年之後，老哥顫抖地擋在他身前，朝著那壯碩男人吠叫時，他這才認清，老哥非但不是老虎，且已是隻老到視力都衰退的老狗了。

那天，謝初恭不像往常牽著老哥隨意在自家後方山腳繞繞而已，而是大著膽子，矮身擠進那處廢棄多年的工業廠區外的圍籬破口，進入廠區探索。

他想替鄰居兼同學的小美找回走失愛犬，那是隻一歲多的貴賓犬，據說是小美家幫傭牽出門買菜時，一時沒顧好，才讓貴賓犬溜走了。

鄰居小孩甲說自己騎腳踏車經過廠區時，聽見圍籬內傳出狗吠，聲音與小美家貴賓犬的叫聲有點像。

鄰居小孩乙說那廠區很久以前鬧過鬼，說不定是鬼抓走了小美的狗。

謝初恭覺得要是自己替小美找回愛犬，那麼自己在她心中的地位，應該會水漲船高，說不定真能應徵上她的騎士——小美和他唸同間國小，高他一個年級，也高他一個頭，家裡很有錢，有雙水汪汪的大眼睛。這學期開始，學校流傳起六班的小美，長期徵求「騎士」，雖然起初只是小美和同學之間說笑，但鄰近班級當真有人正經八百地向小美報名應徵騎士，聲稱自己練過跆拳道，有資格保護小美上下學。

小美媽媽是家長會長，聽說學校颳起一陣男同學搶著當騎士，保護公主小美的旋風，笑呵呵地在家長會提議下次校慶，應該要準備一齣騎士保護公主的舞台劇，女主角當然就是自己女兒小美，男同學可以另外遴選，但一定要配得上自家女兒那俏麗模樣。

其他家長並不那麼贊同小美媽媽的提議，但校長帶頭鼓掌，說這主意棒極了，集童趣、文化、藝術、教育於一身，絕對要當成校慶上的重頭大戲來經營。

消息風風火火地傳遍整間學校，也傳入低了一個年級的謝初恭耳中。他不好意思和同學說自己也想報名，只是偷偷做功課，研究到底需要具備怎樣的條件，才能算是一名合格的騎士。直到他聽說小美愛犬走失、每天以淚洗面，想起前陣子看過的偵探電影，電影裡那機智過人的帥氣偵探憑藉著蛛絲馬跡，成功替女主角找著殺害姊姊的凶手時的那副帥樣，心想要是自己能夠幫小美尋回愛犬，那麼應該夠格當一名騎士了吧。

當他潛入廢棄廠區，繞找半天，成功在一間鐵皮屋外找著一個紅色項圈、為此激動不已時，他聽見了老哥的叫聲，回過頭來，這才驚覺一個壯碩男人來到他身後。

男人滿臉鬍碴、面貌猥瑣，穿著泛黃背心和四角褲，右手伸在褲襠裡不知掏抓著什麼，掏完還伸來摸摸謝初恭的臉，笑呵呵地問謝初恭今年幾歲、讀幾年級，要不要和哥哥打電動。

男人這麼說時，還指著一旁鐵皮屋，說那裡就是他家。

謝初恭憑藉著模仿帥哥偵探建立出來的警覺心，很快拒絕了男人的邀約，牽著老哥轉身就走。

男人揪住了他的頭髮，拖著他走進鐵皮房間。

鐵皮房裡骯髒不已，瀰漫著難聞的氣味，謝初恭尖聲怪叫，老哥衝過謝初恭身旁，一口咬住男人褲襠，痛得男人哇哇怪叫，鬆開了手。

謝初恭轉身奪門而出，驚恐之間，左腳絆著右腳，撲摔倒地，跌得不輕。

他回頭瞥見到鐵皮房裡，男人暴怒抄起桌上菜刀，像是要出門追殺他。

他嚇壞了，連滾帶爬地拔腿逃遠，但覺得圍籬離他還有好遠一段距離，他不知道自己是否能逃過男人追殺，他回頭，男人並沒有追出來——鐵皮房裡傳出老哥凶猛的吠叫聲和男人的叫罵聲，以及一陣陣搏鬥撞擊聲。

他知道老哥正在鐵皮房裡和男人戰鬥。

他顫抖地抄起腳邊一截短木棒，但沒有勇氣走向鐵皮屋和老哥並肩作戰——男人足足高他兩個頭、體重是他三倍以上。

男人那雙眼睛，不像是人類的眼睛，而像是野獸的眼睛。

比起年邁的老哥，男人更像是一頭凶猛老虎。

謝初恭扔下短棒，轉身朝著圍籬狂奔——他知道一個小學生加上一隻老狗，無論如何也打不過一頭壯年老虎，他必須找大人幫忙。

他一路大哭狂逃回街上，奔到雜貨店求救，雜貨店老闆報了警，連同一票街坊鄰居，浩浩蕩蕩一路返回廢棄廠區，卻已經不見那凶惡男人。

也不見老哥。

只剩下鐵皮屋裡那斑斑血跡。

三天後，男人在鄰近山區另一處鐵皮工寮落網，是個有多項前科的通緝犯。

謝初恭向鄰居警察阿伯打聽老哥下落，警察阿伯支支吾吾說，男人供稱自己當天被老哥咬傷，一路往山上逃，老哥緊追在後，但後來追丟了。

警察阿伯說，老哥眼睛不好，獨自在山上，可能找不到回家的路。

後來，每逢假日，謝初恭就要求爸爸載他上山找老哥，一連找了兩個月，始終沒有找著老哥。

有天晚上，爸爸苦笑問謝初恭要不要養隻新狗。

謝初恭搖頭說不要，說他的騎士只是暫時走失了，但仍是他手下第一騎士——他反倒有些好奇地問爸爸，怎麼都沒罵他，還陪他找老哥找了這麼久。

在他記憶裡，爸爸做的是粗工，平常夠累了，一有假日就是呼嚕大睡，從沒這麼大耐心陪他瞎忙這麼久。

爸爸那時沉思許久之後才回答，說自己能力不夠，沒辦法兼顧生計和陪小孩，老是讓謝初恭一個人孤單在家，才讓謝初恭將狗當成親哥哥，早知道以前多生個弟弟，兩個至少有個伴。

謝初恭當時沒有聽明白爸爸的意思，只知道爸爸確實很累，累到連話也講不清楚了。

後來謝初恭改變戰術，他覺得應當是方法用錯了，電影裡那位帥哥偵探靠的是腦袋，而不是無頭蒼蠅似的地毯式搜索，他在漫畫店裡惡補偵探漫畫、在學校圖書館鑽研偵探小說，在家時也特別愛看諜報動作電影——他覺得特務應該比偵探更強一點，但特務替國家做事，應該沒辦法分身找狗。

他上作文課時，在「我的志願」這個題目底下，寫自己長大之後，要當一名偵探，立志要替每一個走失狗狗的人，找回心愛的狗狗。

隔年，爸爸賣掉老家，帶著他搬上台北。

本來他十分抗拒，埋怨爸爸為何丟下老哥，爸爸先是臭罵他一頓，跟著生了場悶氣，最終嘆氣對謝初恭說，其實老哥當天就被男人持刀砍死了，鄰居警察阿伯是怕他難過，才隨口編了理由哄他。

謝初恭不信，爸爸便當著他的面，打電話給那警察阿伯，說明原由，再將電話交給謝初恭，讓他自己問警察阿伯。

萬念俱灰的謝初恭，隨著爸爸來到台北。

十六歲生日那天，爸爸還在外地工地趕工，謝初恭自個兒在寵物店裡買了磨牙骨頭和一個小罐頭，替自己和老哥一同慶生——他不知道老哥確切生日，過去爸爸都是在他生日當天，順便替老哥過生日。

當晚，謝初恭坐在陰暗家中餐桌前，望著擺在狗罐頭旁的老哥照片，喃喃說：「以前你大我五歲，後來變成四歲、再變成三歲、兩歲、一歲……從明天開始，我就比你大了，以後換你叫我『老哥』，我叫你『老弟』了……」

沙灘上，謝初恭和文孝晴安靜了很長一段時間，看著遠方船隻燈火，聽著浪聲逼近然後離去，直到海風漸漸大起，兩人這才起身拖著小行李箱，上車返回旅館。

□

翌日，謝初恭駕車載著文孝晴先後探望了幾處收容所，瞧瞧近幾個月新收入的狗狗，依舊沒有見到委託人那隻狗狗。

謝初恭像是早已習慣這樣的結果，上門前不特別期待，離去後也不失望，他隨意與文孝晴閒聊，說過去那幹粗工的老爸沒有拍照習慣，家裡甚至沒有相機，當時也無能夠拍照的手機，因此他手邊只有當年爸爸朋友出遊順路來他家作客時，隨手替他與老哥拍下的兩張合照——在老相本裡。

文孝晴說她翻過謝初恭的兒時相本，沒見到他與狗的合照。

謝初恭說，那張照片被他塞在其他照片底下——他雖然想念老哥，但很少看自己與老哥的合照，他只要想起老哥，心中就感到愧疚。

「因為你覺得當時你丟下牠逃跑了？」

「對啊，後來我有時會想，如果當時我沒逃，而是回頭跟那傢伙拚了，說不定……」

「說不定通靈事務社就沒辦法成立了。」文孝晴淡淡地說：「因為你那時是小學生，打不贏那個變態，你會變成徘徊在廢棄工廠裡的小地縛靈，那傢伙卻很可能逍遙法外，因為當時你如果沒逃走向大人求救，沒有人會知道那座廢棄工廠裡發生了什麼事。」

「應該是……」謝初恭點點頭，並不反對文孝晴的說法。

接下來的兩、三天裡，謝初恭帶著文孝晴四處遊覽景點、逛百貨，文孝晴也陪著謝初恭尋找狗狗、探訪收容所。

這日黃昏，兩人探訪完最後一間收容所之後，吃了晚餐，又來到台中港旁，拉著小行李箱到沙灘看海。

然後他們接到一通電話，是委託人媽媽打來的。

委託人媽媽聲音充滿歉疚，說很感激謝社長這麼費心替她家尋狗，但之後可以不用再花時間在那隻狗身上了——狗狗並非走失，而是委託人爸爸先前去高雄出差時，順路帶去扔了。

委託人媽媽說，他們北部新家很漂亮，附近都是高級住宅，住的都是有錢人家，真要養，也該養隻漂亮昂貴的名犬，而不是原本那隻土里土氣的土狗。

結束與委託人媽媽的通話後，兩人坐在沙灘，安靜了好長一段時間。

「阿晴。」

「幹嘛？」

「妳能不能陪我去當年的廢棄工廠看看？」

「你覺得老哥的魂魄還徘徊在廢棄工廠裡？」

「我不知道，但是……」謝初恭將頭埋在臂彎裡，說：「如果真是這樣，那牠不是很可憐嗎？我想能不能像是大耳朵一樣，把牠放進……盆栽或是公仔裡，供奉在家裡……」

「如果老哥的魂魄還在那裡，要帶走牠不是不行，但是我跟你說過，不是每個鬼都能存在那麼久，死後不久就消散了的鬼魂，其實佔了多數；動物更是如此，因為動物沒有什麼執念，死後變成鬼的，少之又少。」文孝晴這麼說，見謝初恭沒反應，又問：「你這兩、三天常常發呆，就是在想這件事？」

「對啊……」

「幹嘛不直接說，我又不會跟你收費。」文孝晴乾笑兩聲。

「我害怕……」謝初恭無奈說：「要是見到老哥像大耳朵那樣，死得很慘，我應該會難過很久吧，說不定會難過一輩子……」

「現在又不怕了？」

「現在還是怕，但是……」謝初恭想了想，說：「仔細想想，已經發生過的事情，就是發生了，我就算沒看見事情經過，但事情還是發生了，重要的是……老哥現在的處境，如果牠的魂魄真不在了，那就算了，如果牠還在，且心裡還打著結，那我想盡力幫牠把結解開。」

「老哥心裡還會打什麼結？」

「說不定牠怪我當時丟下牠，自己逃跑了……」

「這樣啊……如果牠要咬你呢？」

「那就讓牠咬吧。」謝初恭又把頭埋進臂彎裡。

「好吧，明天我陪你去工廠。」文孝晴點點頭，望向大海。

□

翌日午後，兩人來到台中監獄山腳下。

謝初恭駕車在附近繞了許久，最後將車停在一片空曠草地旁——當年的廢棄工廠早已拆除，此時整塊地除了雜草外，什麼也沒有。

兩人下車，走到空曠草地中央，望了望四周。

謝初恭見文孝晴朝他搖搖頭，知道老哥不在這兒，兩人上了車，調頭駛上山——當年那變態男人落網時，躲藏在台中監獄鄰近山區，他在山區有一處鐵皮屋據點，警方在裡頭發現一些贓物、孩童鞋襪和內衣褲。

謝初恭在幾條山道來回找了幾次，不僅找不著當年的鐵皮屋，文孝晴也沒感應到什麼貓狗亡靈——她說動物多半沒什麼心機，生時想得不多，死時心無罣礙，會長留於人世的魂魄其實並不常見。

兩小時後，謝初恭駕車返回山下，經過老家前，停了下來。

他那兩層樓透天老家，多年來經過幾次轉手，此時與周邊一排矮樓，牆外通通貼上了都更告示，鄰近一塊空地上，還堆著大量施工圍籬。

「啊？」謝初恭望見路邊一個頭戴工地帽的胖壯男人，立時開到他身邊停下，搖下車窗探出頭喊：「茂哥？」

茂哥呆望謝初恭半晌，喃喃問：「你誰啊？」

「你認不出來喔？我是……」謝初恭本來像是想自報名號，突然瞥了一眼身旁的文孝晴，遲疑半晌，伸手指著不遠處自家，說：「那邊那棟是我老家，我是謝柏福的兒子，以前我爸上班，都把我帶到你們店裡……」

「啊！」茂哥啊呀一聲，指著謝初恭咧嘴大笑：「啊不就是『棒賽仔』！你說你是『棒賽仔』我就知道啦，什麼謝柏福兒子，我又不記得你爸叫什麼……」

「我現在叫亞當啦！」謝初恭尷尬嚷嚷：「你等一下，我找個地方停車。」

茂哥是雜貨店老闆兒子，大謝初恭十歲，當年每天放學，也會幫忙陪謝初恭玩一會兒，謝初恭上小學時，茂哥讀了軍校，畢業後當了幾年職業軍人，退伍後進入營造業，現在是個小工頭。

謝初恭說自己和同事來台中出差，順路繞來老家看看，茂哥問謝初恭想不想進老家瞧瞧，他說這整排都更老屋的鑰匙都在他手中——原來茂哥是這整排老屋的都更拆遷工程人員之一，他這陣子每天帶人上老屋裡探勘，檢查水電瓦斯管線是否確實截斷、屋內有無住户遺留下的瓦斯桶等危險物品；過兩天，整排房子外就要開始架設圍籬、準備破牆拆屋了。

謝初恭一聽能進老家看看，可喜出望外，帶著文孝晴跟茂哥來到老家前，望著茂哥找出鑰匙，打開那不知是哪任屋主換上的鐵門。

兩人進入屋內，謝初恭說一樓客廳模樣已和他記憶中完全不同了，他四處瞧了瞧，準備上二樓，過去他和爸爸的房間，都在二樓。

文孝晴提著小行李箱，跟謝初恭上樓，忍不住問：「你小時候的外號叫作『棒賽仔』喔。」

「對啦！」謝初恭有些不情願地回答。「小學時不知道是哪個王八蛋第一個叫我『棒賽仔』，其他同學也開始跟著叫，還衍生出不同版本，什麼『挫賽仔』、『烙賽仔』、『便便將軍』……有幾個同學跟我家住得近，所以漸漸連鄰居也這樣叫我，唉……」

「不錯啊，很有趣的童年。」

「有趣個鬼。」

兩人來到二樓，二樓連格局都不一樣了——當年二樓是用木板隔成兩房一廳，此時是整片的開放式空間，謝初恭來到當年二樓客廳位置，指著一面牆：

「那時候這邊有台小電視，我跟老哥就在這裡看電視。」

跟著，兩人來到樓頂，這加蓋上棚頂和鐵皮儲藏室的二樓頂，幾乎沒有太大改變，只是變得陳舊許多。

文孝晴目不轉睛地盯著前方落地鐵窗欄杆角落。

那兒坐著隻狗狗。

狗狗的身體有點怪異，不僅皮開肉綻，且是一塊一塊拼在一起，還拼得歪歪斜斜；這麼一隻歪歪斜斜的狗狗，彷如老僧般一動不動地凝望遠方。

「哇，樓頂一點也沒變啊……」謝初恭哈哈笑著，轉了一圈，指著狗狗坐的位置，對文孝晴笑說：「以前我就是坐在那邊，抱著老哥，等爸爸回家。」

文孝晴沒說什麼，默默望著謝初恭走到狗狗身旁坐下。

謝初恭看不見此時的狗狗，僅憑著小時候的記憶，雙手揪著欄杆，望著遠方道路——道路兩側模樣和過去也大不相同，那時他最期待的事，就是爸爸從街角現身時，手上提著鹽酥雞和汽水。

文孝晴來到謝初恭身旁，和謝初恭一同望向街道遠方，不時低頭瞧瞧謝初恭身旁那狗狗。

狗狗轉頭聞嗅謝初恭，彷彿認出了謝初恭，漸漸激動起來，開始往謝初恭身上磨蹭，還發出了沙啞的哭聲。

文孝晴轉開視線，像是無法繼續直視狗狗——老哥。

老哥的身體像是經過菜刀劈斬般，全身一塊一塊，像拼圖般被拼成狗形，偶爾會因為過度激動而落下一、兩塊，然後消失——消失的那一兩塊，又會在原本的位置重新生成。

謝初恭閉著眼睛，說起當年他抱著老哥坐在這兒等爸爸時碰上的趣事，說也奇怪，他看不見老哥，但此刻不時做出撫摸老哥的手勢，與老哥在他腿上磨蹭的模樣，倒有些吻合。

「阿晴，魂魄在人世消散之後，會去其他地方嗎？」謝初恭睜開眼睛，望著遠方街道，隨口問：「會像小說裡一樣，下陰間？世界上真的有陰間嗎？」

「這我不知道。」文孝晴望著遠方說：「過去沒有鬼跟我說過他們去過陰間就是了……」

「棒賽仔——」茂哥的聲音自後傳來，他也上了樓，對著謝初恭喊：「我們底下忙完了，要不要吃熱炒？那家青青熱炒還在喔，茂哥請你喝兩杯！」

「啊？」謝初恭起身，望望文孝晴，有些遲疑。「可是我同事不喝酒，而且我開車……」

「沒關係。」文孝晴微笑說：「一起去，我想聽你們聊以前的事，車了就停在那邊，明天再坐計程車過來拿車就好啦。」

「對啊對啊！」茂哥大笑說：「你女朋友都說可以了！」

「她不是我女朋友啦，她是我們公司的談判專家！」

「談判專家？談什麼事情？」

「這個嘛……」

□

晚上十點。

文孝晴下了計程車，揹著裝有換洗衣物的背包，一手拖著小行李箱、一手攙著東倒西歪、胡言亂語的謝初恭，步入五星級溫泉飯店，訂下一間近二十坪、一房一廳的豪華套房。

房門打開、燈光亮起，謝初恭奔進套房客廳中央，呼哈打出兩記刺拳，跟著轉身對文孝晴說：「如果是現在的我，絕對會撂倒那個混蛋！」

「好厲害。」文孝晴關上門，對謝初恭說：「去洗澡吧，你身上酒味好臭。」

「喔……」謝初恭點點頭，左顧右盼，說：「我們不是來旅館嗎？床呢？怎麼沒看到床鋪？」

文孝晴揚手指了指臥房。「床在房間。」

「房間？」謝初恭搖搖晃晃，走近臥房門旁，笑呵呵地說：「旅館房間裡面還有房間……啊！是一房一廳？」他望著臥房裡那巨大落地窗，和特大號雙人床，又回頭望望身後同樣有大落地窗和豪華沙發的客廳，愕然問：「一晚上多少錢啊？」

文孝晴微微一笑，走到他身邊，在他耳邊報了個數字。

謝初恭噫了一聲，酒意退去兩分，撐著牆，強顏歡笑說：「哇，這間房住一晚……就是本社長當年剛出社會時一個月的薪水耶。」

「對啊。」文孝晴說：「就當是員工旅遊的福利囉。」

「員工福利……可以啊……」謝初恭有點不情願，輕揉太陽穴，喃喃說：「那妳……幫自己訂這間就好啦，社長我住最便宜的房間就好啦……我都醉到快睡著了，睡便宜房間也沒差吧……」

這幾天行程裡，兩人投宿旅館時，都是一人一房。

「我只訂一個房間。」文孝晴微微一笑。

「啊？」謝初恭瞪大眼睛。「妳只訂一個房間？」

「對啊。」

「為什麼？」

「因為這個房型太貴了，我想幫社長省錢。」

「那我們今晚……」

「就睡這間房啊。」文孝晴揪著謝初恭，將他推到浴室，說：「所以才叫你洗澡，不然臭死了。」

謝初恭先是呆滯數秒，跟著點點頭，走進浴室對著鏡子撥撥頭髮，洗了把臉，酒意又退去數分。

「你酒醒了？」文孝晴扠手站在浴室外，像是在觀察謝初恭酒醉程度，說：「我還有點餓，想去樓下便利商店買點吃的，你想吃什麼？」

「我……」謝初恭抹抹臉上水漬，來到門旁，柔聲說：「妳知道我喜歡吃什麼，對吧。」

文孝晴呵呵兩聲，說出幾個謝初恭常吃的零食。

「對。」謝初恭彈了記手指，笑著說：「不愧是本社首席談判專家，完全掌握社長飲食習慣。」

「你先洗澡吧。」文孝晴這麼說，轉身拖起小行李箱，拿了張房卡開門出房。

她來到廊道電梯前，回頭，轉身朝房門方向，招了招手。

電梯打開，文孝晴走進電梯，按下一樓，門關上，她低頭望向腳邊，說：「他小時候，也這麼呆嗎？」

豪華套房浴室裡，謝初恭認真洗起澡。

「好貴好貴好貴！」謝初恭狂擠沐浴乳搓揉全身，望著一旁浴室內那近一坪大的溫泉浴缸。「本社長如果從現在，泡到明天退房前，肯定回本對吧。」

「嘿嘿——」謝初恭開始沖水。「可是本社長當然不會連泡一整晚，又不是浮屍，本社長洗好澡，當然要跟本社首席談判專家阿晴小姐吃宵夜啦，然後——」

他關上蓮蓬頭，抹去臉上水，轉頭望向那溫泉浴缸，笑呵呵地說：「一起泡溫泉……嗯？那是不是要先放水啊？阿晴快回來了吧……」

他加快腳步洗完澡，光著屁股蹲在溫泉浴缸前研究半晌，剛轉開水龍頭，就聽見房門開啟。

他連忙套上旅館提供的浴袍，來到浴室門邊花了幾分鐘前吹乾頭髮，然後故作紳士般地撩著頭髮，走出浴室。

文孝晴微笑坐在沙發上，將宵夜零食擺滿整桌。

「呃……」謝初恭來到沙發前坐下，望著桌上那兩瓶紅酒，對文孝晴說：「妳買酒？妳不是不喝酒？」

「是買給你的。」文孝晴揭開一包零食，掏出兩塊放進嘴裡，對謝初恭說：「我覺得社長平時太操勞了，今晚我想把你灌醉，可以嗎？」

「妳想灌醉我？」謝初恭哼哼兩聲。「兩瓶恐怕沒辦法。」

「那要幾瓶？」

「起碼二十瓶。」

「乖，這兩瓶你先喝，灌不醉我再去便利商店買。」

「好。」謝初恭點點頭，來到沙發坐下，豪邁揭開零食往嘴裡倒，見文孝晴遞來整瓶紅酒，隨手接下，問杯子呢？

文孝晴說男人喝酒不用杯子的。

謝初恭說對，舉起酒瓶大口灌。

一個半小時後，兩瓶紅酒都空了。

謝初恭瑟縮著身子側躺在沙發上，腦袋枕在文孝晴大腿上，嗚嗚哭了起來。

「為什麼我那個時候……要逃走呢？」

「因為你打不過那個變態。」

「誰說的！我打得過！」

「小學生怎麼打得過變態呢？」

「只要我用出這招……」謝初恭手腳掙扎起來，擺出一個想像中的招式。

文孝晴望著枕在她腿上的謝初恭，撩了撩他的頭髮，說：「社長，我們要開始了喔。」

她說完，轉頭望向沙發前，向那兒招了招手。

「開始……什麼？」謝初恭喃喃問。

「我想解開你心中的那個結。」

「我心中的……結？」謝初恭醉言醉語問了幾聲，微微扭頭轉向文孝晴，隱約瞥見文孝晴腦袋往他垂來。

啾──像是在他額頭上親了一下。

「妳親我？」

「沒有。」

「明明就有……」謝初恭正想爭辯，突然感到天旋地轉，身子像是跌進深淵般不停下墜，本來就暈醉的意識，變得更恍惚了，眼皮緩緩闔上，沉沉睡著。

文孝晴望著枕在她腿上沉沉睡去的謝初恭，望著擠進謝初恭懷中的老哥，想摸摸牠，卻又不知該從哪兒下手——老哥若隱若現的身子，像是組合拙劣的立體拼圖，一塊塊骨肉彼此間頗不牢靠，彷彿輕輕一推就會落下其中哪塊。

「老哥。」文孝晴輕輕用指尖觸了觸老哥額頭，望著牠那灰濁濁的眼睛，說：「帶我看看當時到底發生了什麼事吧。」

文孝晴邊說，邊閉起眼睛。

周圍呼呼地颳起了風，隱約響起小男孩的說話聲。

小男孩牽著老哥，在巷弄裡繞來拐去，不時和老哥說話，講的都是學校裡各種瑣事——從隔壁班班長自己偷簽聯絡簿被抓包，講到自己班康樂股長整套漫畫被沒收；從王老師跟李老師談戀愛，講到李老師老婆殺進王老師班上揪著對方頭髮尖聲咆哮；從黑板上國父照片無時無刻都在看他，講到操場旁蔣公銅像半夜會偷偷下來遛達……

現實中的文孝晴雖閉著眼睛，卻能「看」見四周情景變化，彷彿身處在虛擬實境中，然而枕在她腿上的謝初恭，卻無法一同觀看這場由老哥與自己的回憶所融合而成的「實境電影」。因為他醉得不醒人事，此時的他，就像是一顆無意識的硬碟，任由文孝晴從他大腦裡提取這部「電影」裡所需的資料——這也是文孝晴灌醉謝初恭的目的，她不想讓謝初恭一同觀看老哥生前回憶，又想同步提取謝初恭記憶，拼湊過往原貌。

「電影」繼續播放——

小男孩的話似乎有點多了，文孝晴漸漸感到不耐煩，令畫面稍稍加速，跳過一大串的廢話跟繞路後，小男孩在廢棄廠區圍籬前找著了個破口，與老哥一前一後鑽了進去，一步步深入廢棄廠區，不時輕聲喊著小美貴賓犬的名字。

小男孩來到那晦暗的鐵皮屋外，拾起落在門外的項圈，聽見老哥叫聲，這才發現一個怪異男人來到了他身後。

男人身上散發著令人作嘔的臭味，笑呵呵地邀請小男孩陪他玩，他說他有好玩的電動玩具。

小男孩搖頭拒絕，男人登時變臉，揪著小男孩頭髮往鐵皮屋拖去。

老哥衝去咬男人的腿，屢次被男人抬腳踢退。

小男孩被男人拖進鐵皮屋，聞到更加難聞的臭氣，嚇得嚎啕大哭，嚷嚷喊著老哥。

老哥衝來一口咬住男人褲襠，男人終於不得不鬆手放開小男孩。

小男孩連滾帶爬地奔出鐵皮屋，還摔了一跤。

男人抄起了刀，指著小男孩咆哮。

小男孩見男人舉刀想出來追他，嚇得拔腿就跑，不時回頭，但男人始終沒有出來，鐵皮屋裡發出一聲聲的怒吼和碰撞聲，戰況似乎十分激烈。

小男孩嚇壞了，東張西望找了根棒子，猶豫該不該回頭去救老哥，但聽見鐵皮屋裡男人一聲猛烈咆哮，嚇得一屁股坐倒在地，尿濕褲子，嚎啕大哭地轉身狂奔，鑽出圍籬破口，一路哭著跑下山。

文孝晴不停在謝初恭和老哥的回憶裡切換畫面，一面看小男孩邊跑邊哭，一面看老哥在鐵皮屋裡浴血奮戰。

老哥太老了，老到眼睛都退化了，一口牙自然也沒以前銳利，身體被男人舉刀砍了幾下，皮開肉綻。

畫面緩了下來，像是跌落在地的攝影機，鏡頭仍然朝向男人。

男人氣喘吁吁地蹲下，高高舉起菜刀，然後劈下——

畫面一片漆黑，數秒之後，又漸漸亮起。

四周是片陰鬱山林，男人坐在另一間鐵皮屋外，用鐵鍋燒著滾水，腳邊躺著一動也不動的老哥屍身。

這段過程，從老哥生前所見，切換到了死後魂魄所見。

老哥從被殺死的那時起，魂魄便一直跟著男人，直勾勾地盯著男人將牠的屍體提上山中藏身據點，澆滾水拔毛、放血切塊、煮成一鍋湯、配著米酒全吃下肚。

期間老哥偶爾感到憤怒，會上前咬男人幾口，但男人一點也察覺不到自己被咬了；老哥有時會不安地東張西望，見小男孩不在附近，便又安心伏下——牠生前用盡最後力氣，便是為了要阻止男人出去追殺小男孩，牠成功了。

老哥立刻賦予自己一項新任務，就是盯著這個男人，不許他靠近小男孩。

不管男人睡著醒著、下山偷東西吃或企圖誘拐其他小孩，老哥一直盯著他。

直到大批警力將山上鐵皮屋團團包圍，將睡夢中的男人拖下床、上銬押上警車，老哥也跟著擠上了警車。

警車駛下山，駛過小男孩家，老哥見到了熟悉的街景，想要跳車回家，但身子剛穿出警車，轉眼又被拖回車上，和男人緊緊貼在一塊兒。

男人吃光了老哥血肉、外加老哥自以為是的「任務」，令老哥成了地縛靈，與尋常地縛靈不同的是，縛著老哥的「地」，不是土地或是房子，而是個活人。

時光飛逝，男人入獄數年，老哥都靜靜窩在附近，看著男人變老、看著男人挨揍——男人被捕前欺負過不少小孩子，之前正是為此才躲在山上。這類犯人在牢裡的處境通常會比其他犯人更糟些，儘管那些動手教訓男人的傢伙動機未必出於正義，而是剛好逮著理由，可以理直氣壯地過過癮。

總之男人處境頗糟。

糟到離他出獄還有很多年，就死在了監獄浴室裡。

男人也成了地縛靈，渾渾噩噩地徘徊在那間他喪命的浴室裡，等待那個按著他腦袋不停撞牆的獄友再次踏入，好讓他報仇雪恨，但那位獄友因為打死了男人，被關進單人牢房，等候案件審判。

男人沒有等到獄友，卻等到了老哥。

老哥比男人早死幾年，死後賦予自身任務，數年來堅定值勤，心志堅定而專注，道行較剛死不久的男人高出些許。

老哥在浴室裡與男人魂魄大戰三天三夜，最終將男人魂魄，咬得比下鍋前的自己更加破碎，直至魂飛魄散。

束縛老哥的「地」沒了，老哥得以離開監獄。牠很快發現監獄外的街道挺熟悉——男人就關在台中監獄裡，而老哥的家，就在山下鄰近街道上。

老哥很快找回了老家。

但已不見小男孩——小男孩在幾年前，便隨爸爸搬去台北了。

文孝晴側頭閉眼，一手輕拍老哥腦袋，一手撫摸謝初恭頭髮，一人一狗的回憶在她所見畫面中飛梭閃現、交錯相疊。

日子一天天過去，小男孩成了大男孩，立志要當一名帥氣的偵探。

老哥靜靜佇在過去小男孩抱著牠等爸爸回家的頂樓位置，望著街道遠方，等待著爸爸也等待著小男孩。

大男孩上了高中，替自己與老哥過了生日。

老哥佇在原地，望著漸漸變老的街坊鄰居、望著遠方漸次蓋起的一棟棟大樓。

大男孩畢業接著退伍，變成人高馬大的男人，進入徵信社工作，勤快調查一件件通姦案。

老哥佇在原地，望著每一天的烈日或暴雨、望著每一天太陽西下後再次升起。

男人偶爾會返回老家閒逛，仰頭瞧瞧換過數次屋主的老家樓頂。

老哥偶爾見到男人時，心情會有些激盪，總覺得男人的氣息有點熟悉，但牠清楚記得小男孩的身高和臉蛋，和樓下那男人完全不同，牠見男人準備離去，想追下樓確認，又擔心要是離開了崗位，小男孩返家時，就見不到牠了。

男人也變得慌慌張張，有個漂亮的女孩住進了他家，他洗臉的次數增加、刷牙的次數增加、變得更注重打扮、家裡也變得更整齊，然後——

女孩上吊了。

男人嚇瘋了，睡覺時尖叫驚醒、半夜如廁尿到慘叫、上廚房倒水嚇到把整個水壺打翻，直到整個人都不對勁了。

再然後……

「是我。」

文孝晴閉著眼睛，忍不住笑了，她見到了自己，見到了這段時間和謝初恭合作的每一起案件——

黃老仙的家、江姊和大衣櫃、手機裡的伶伶、努力做晴天娃娃的倫倫、阿芬跟變態四少、可憐的嬌娜、性格扭曲的何齊、大耳朵、遊戲企劃林聖凱、囂張到家的魏子豪、富貴苑大戰紅牡丹……

老哥則始終佇在同一個地方，望著那或許永遠也不會如牠所願的巷子口。

很老套，但創新從來都不是狗狗的義務。

狗狗只做狗狗會做的事情。

終於，男人踏上頂樓，走到老哥站的那個位置旁。

老哥轉身仰頭，不敢置信地望著男人——謝初恭。

謝初恭盤腿坐下，擺出當年抱著老哥的動作。

老哥這才驚覺謝初恭就是小男孩，他們的味道一模一樣、動作也一模一樣。老哥擠進謝初恭懷裡嗚嗚嚎叫，像是在埋怨謝初恭這天上學未免也上太久了——久到附近房子都都更了、久到鄰居都老了、久到連謝初恭自己的樣子都變得完全不一樣了……

男人和老哥各自兩段獨立記憶，在這一刻，像是兩張重疊在一塊的幻燈片，畫面不可思議地吻合。

文孝晴睜開眼睛，枕在她腿上的謝初恭仍呼呼大睡，擠在謝初恭身上的老哥魂魄則閉著眼睛，還置身在夢境裡。

文孝晴身後還站著一個中年女人，是江姊，江姊雙肘撐著沙發椅背，腦袋湊在文孝晴臉旁，剛剛那段雙重回憶夢境，江姊也全程觀賞完畢。

「社長跟老哥的故事，妳都看懂了對吧？」文孝晴這麼問。

「看了，但不太懂……為什麼妳要我陪妳看怪男人吃狗？」江姊探手摸摸老哥，從老哥背上捏起一塊「切塊」。「看得我也餓了……」

「別這樣……」文孝晴皺眉拍了江姊的手，將那「切塊」，又拼回老哥身上。「因為我需要妳的幫忙。」

「妳要我幫什麼忙？」

「讓這兩兄弟分別作個夢。」

「作夢？妳不是正讓他們作夢嗎？」

「我沒辦法修改夢境內容。」

「妳要修改夢境內容？為什麼？」

「我想讓社長跟老哥團聚、讓社長知道老哥一直等著他，但又不希望他以後三天兩頭跑身心科，所以想請妳幫忙，修改一下故事情節。」

「改哪裡？」

「先讓老哥作場美夢吧。」文孝晴像是導演般，指揮江姊在夢境裡搭出一間通靈事務社的「布景」，跟著將老哥帶入「布景」。

老哥有些錯愕，不明白為什麼一瞬間來到這陌生客廳，但牠隨即發覺自己頸上繫著項圈，正是當年謝初恭帶牠出門遛達時的項圈，不免興奮激動起來。

「以後這裡就是你的家了。」文孝晴微笑提著項圈繫繩，牽著老哥在通靈事務社客廳繞了繞，逛過前後陽台、廚房和廁所，然後來到自己房間門外，指著房間說：「這是我房間，雖然我不討厭狗，但你別隨便跳上我的床。」跟著，她又牽著老哥來到主臥室，說：「這是我們社長、也是你老弟的房間。」

文孝晴放開手，任老哥蹦上床滾了滾，床鋪被子枕頭上，確實都是謝初恭的味道，老哥忍不住汪汪叫了起來，像是在呼喚謝初恭。

「老哥——」謝初恭的聲音自客廳傳出。

老哥蹦下床、奔出房，只見謝初恭蹺著腿，坐在客廳老沙發上，對著老哥張開雙手。「好久不見。」

「汪嗚！」老哥撲上沙發，撲進謝初恭懷裡，這次和先前頂樓相遇不同，這次的謝初恭，是真正地喊牠、真正地摸牠。

江姊的幻術極其逼真。

旅館沙發上的文孝晴，望著老哥本來破碎歪斜的魂身，漸漸拼湊整齊，連斷處痕跡都逐漸消失，變成了正常健康的模樣。

「動物很單純，心裡的死結解開了，魂就變得漂亮了，就跟大耳朵一樣。」

「這樣就行了？」

「然後輪到社長。」

在文孝晴指揮下，江姊將剛剛老哥整段故事，剪去被變態男人提上山切塊烹煮食下的過程，只保留老哥生前所見最後一幕，以及在老家樓頂日復一日等他回家的片段，再讓文孝晴將這段經過剪接改造的故事，帶進謝初恭夢裡。

謝初恭在夢中見到文孝晴帶來了老哥的回憶，又驚又喜，直問文孝晴既然下午在樓頂就見到老哥了，為什麼現在才帶老哥見他，文孝晴說當時老哥一眨眼就溜了，直到剛剛他酒醉後才再次現身。

「溜了？老哥見到我為什麼要溜？」謝初恭不解地問。

「當年你是小孩子，現在變成大人了，牠怕認錯人吧。」文孝晴隨口說。

「對耶，有可能……」謝初恭蹲在夢境裡的老哥身旁，陪著老哥一同看著遠方。

然後，文孝晴將謝初恭和老哥的夢境合而為一。

在那個合而為一的夢境裡，老哥眼中的謝初恭，不再是江姊製造出來的幻象，而是謝初恭真正的意識；謝初恭眼中的老哥，也不再只是「回憶片段」，而是真實的老哥魂魄。

兩兄弟又哭又笑地在夢裡的老家樓頂像以前那樣玩耍起來。

□

早上十點，謝初恭被吹風機聲響驚醒，從沙發滾落地上。他掙扎起身，揉揉摔疼的胳臂，搖搖因宿醉暈眩的腦袋，狐疑地東張西望，像是一下子搞不清楚整晚亂七八糟的夢境，究竟哪段是真的——當時文孝晴將他與老哥的夢境合一之後，便起身要去洗澡，讓江姊持續幫忙「哄睡」。

江姊覺得無聊，忍不住替謝初恭與老哥溫馨擁抱的夢境裡，加了點戲劇效果，一下子殭屍入侵、一下子外星人來襲、一下子火山爆發、一下子海嘯淹樓，讓謝初恭和老哥像是電影裡的戰士與忠犬般，奔波跋涉、出生入死。

「阿晴！」謝初恭望著吹好頭髮的文孝晴踏出浴室，急急問：「我夢見老哥了！」

「對啊。」文孝晴撥著頭髮，淡淡地說：「是我帶牠進你夢裡的。」

「所以是真的！啊，我記得妳當時有說……車鑰匙……」謝初恭又驚又喜，東張西望，來到沙發前長桌，拿起桌上那串車鑰匙，上頭繫著一只狗狗造型的綴飾——那是文孝晴下樓買紅酒時，順便買回的小綴飾。

她在夢境裡告訴謝初恭，這兩天先將老哥暫放在綴飾裡，帶回通靈事務社後，再另外替老哥準備個正式的狗窩。

「老哥，你在裡面嗎？你聽得見我說話嗎？」謝初恭對著車鑰匙說話，然後湊近耳朵細聽，當真依稀聽見老哥吠叫回答，激動得哇哇大叫：「我找到老哥了！真的找到老哥了！真不敢相信……像作夢一樣……嗯？」

謝初恭問文孝晴：「等等，那之後夢裡那些殭屍、飛碟、海嘯又是怎麼回事？那都是誰的記憶？」

「那不是記憶。」文孝晴聳聳肩，如實以告：「是江姊在惡作劇，當時我去洗澡，請她幫忙看著你一會兒——你別生她的氣，我已經唸過她了。」

「我哪敢生她的氣……」謝初恭瞅了文孝晴的包包一眼，江姊是厲鬼中的厲鬼，全世界也沒幾個人敢對江姊發脾氣。

「對了！」他跟著又想起什麼，望向文孝晴。「昨天晚上妳是不是親我啊？」

「我親你？」文孝晴乾笑兩聲。「是你喝醉作夢吧。」

「是嗎……」謝初恭抓抓頭，努力回想昨晚——當時他太醉了，加上整夜怪夢，難以分辨夢境與真實。

□

接近中午時，兩人退房，來到鄰近餐廳用餐。

謝初恭仍有些頭暈反胃，文孝晴提議四處晃晃，等謝初恭宿醉退盡後才去昨晚熱炒店附近取車，以免酒駕危害安全。

下午五點，兩人接連逛過幾處景點，來到一處公園歇息片刻，準備取車返家了；他倆來到公園廁所外輪流看顧小行李箱，讓另一人如廁。

謝初恭在洗手台前揭開水龍頭，掬水洗了把臉。

他潑洗數遍，抹去臉上水漬，突然見到鏡中自己身後站著一個壯碩男人。

男人面無表情地透過鏡子與謝初恭對望，手裡還提著一支短鋁棒。

「你……」謝初恭正想轉頭，突然瞥見身旁又湊來一個矮小猥瑣的男人，一把按住他擺在身旁的小行李箱扶手，連忙說：「喂，這行李箱是我的……」

他沒說完，磅的一聲，後腦重重捱了壯碩男人一記鋁棒狠砸。

謝初恭眼前一黑，暈厥要倒，被壯碩男人伸手架著不讓他倒；矮小男人快速揭開小行李箱，瞧了瞧裡頭玻璃小瓶、骨灰罈以及那只小丑木偶，對壯碩男人點點頭。「是牡丹姊的小丑沒錯！骨灰罈也在……」他取出小丑木偶，將行李箱蓋上。

「走。」壯碩男人扔下短鋁棒，將暈死的謝初恭揹起，與矮小男人快速轉向離開公園，往一輛黑車走去。

黑車旁佇著一個女人，紅牡丹。

紅牡丹見一高一矮兩個男人走來，見到高壯男人揹在背上的謝初恭，有些心花怒放，立時奔去。

「牡丹姊，妳的小丑搶回來了。」矮瘦男人瞇著眼睛，笑呵呵地奉上小丑木偶。

牡丹接過小丑木偶，湊在嘴邊喃唸幾句，對兩個男人說：「你們先帶謝社長回基地，我來對付那女人。」

「妳一個人？」壯碩男人有些猶豫，問：「要不要我留下來幫妳？」

「我一個人怎麼了？」牡丹瞪著壯碩男人。「她也是一個人，你覺得我比不上她？」

「我不是這個意思……」壯碩男人還想說什麼，卻見紅牡丹已經邁開步伐往公園廁所走去，只好和矮瘦男人七手八腳，將謝初恭塞入黑車後座，然後上車駛遠。

□

文孝晴步出女廁，洗了手，四處找了半晌，不見謝初恭蹤影，她撥了通電話給謝初恭，卻立時被掛斷，再打，謝初恭電話已經關機。

她回到洗手台前，望著地上那支短鋁棒。

她彎腰想撿那鋁棒，突然感到一枚東西飛快掠過她身旁。

她呆了呆，見那東西打在洗手台上，答答彈了幾下，然後滾了一陣，是彈珠。

她立時轉身四顧，倏地又有一枚彈珠射來，打在她肩上。

她連忙摘下後背包護著頭，緩緩退入廁所。

又有兩枚彈珠射來，都打在文孝晴舉著的後背包上，彈滾落地。

那些彈珠乍看之下平凡無奇，但微微冒著黑氣。

文孝晴舉著包包蹲在門旁，悄悄探頭張望，見到斜前方一株大樹後站著一個女人，手裡提著一只彈弓，正是紅牡丹。

紅牡丹肩上，坐著那小丑木偶。

文孝晴望著紅牡丹半晌，轉身躲入一間單人廁間，鎖上門，往馬桶上一坐，取出手機，開啟通訊軟體，找著被她列入黑名單的紅牡丹帳號，解除封鎖，傳了對話邀請過去。

幾聲鈴響之後，紅牡丹接聽電話。

「妳終於肯理我啦？臭婊子。」紅牡丹的聲音透露著濃濃的憤怒。

「嗯，我理妳了。」文孝晴問：「妳把我們社長抓走了？」

「是啊。」紅牡丹答：「接下來就是妳了。」

「妳幫妳爸抓鬼修煉木偶，我能理解，但我們是活人，抓我們回去有什麼用？」文孝晴好奇問。

「當然有用。」紅牡丹呵呵地笑：「我會跟謝社長結婚、跟他生很多孩子，然後教我們的孩子操縱木偶；至於妳，我會把妳交給爸爸，當作他的父親節禮物——讓他決定要把妳當老婆，還是把妳先弄成鬼，再煉木偶。」

「原來如此。」文孝晴點點頭，明白紅牡丹的意思，紅家用鬼煉木偶，但活人變成鬼，也是一眨眼的事，她又說：「但如果我真的作你爸老婆，就變成妳後媽了耶，妳不介意嗎？」

「我不介意啊。」紅牡丹呵呵笑著說：「只要爸爸開心就好，後媽。」

「乖。」文孝晴也忍不住笑了，說：「但妳得先抓到我才行，我在廁所裡，妳要進來抓我嗎？」

「不要。」紅牡丹說：「我知道妳的伎倆，我不會上當。」

「是嗎？」文孝晴說：「可是妳拿回小丑了，而且除了小丑，妳還帶來另一個幫手。」

「喔。」紅牡丹有些驚奇，乾笑兩聲說：「妳鼻子真靈。」

「當然。」文孝晴說：「不過，妳帶來的新幫手，也太厲害了吧……比富貴苑裡的婆婆跟媳婦，加起來都厲害多了，如果我沒猜錯的話，妳帶來的新幫手，是妳的阿公。」

「妳知道我阿公？」紅牡丹愕然半晌，緩緩從提袋裡，取出另一隻木偶捧在懷裡。那木偶一身黑衣，頭臉手腳全是黑的，殺氣騰騰。

「是妳自己說的。」文孝晴這麼說，她在富貴苑那些天裡，透過窺視小丑木偶記憶、搭配江姊催眠紅牡丹問得的內容，將紅家鑽研邪術的歷史拼湊得一清二楚。

紅牡丹懷裡那黑木偶，裡頭有隻道行極其深厚的惡鬼，確確實實是紅牡丹的「親阿公」。

紅牡丹阿公生前也是一名邪術師，最得意的把戲，就是操使亡靈木偶害人，替黑道、政商名流剷除仇家。他最得意的弟子，就是他的親生兒子。他將畢生絕學和最寶愛的一隻亡靈木偶傳給兒子；並指示兒子在他死後，將他魂魄封入那小丑木偶裡，當作紅家的鎮宅之寶。

至於紅牡丹，今年二十五歲，早將爸爸傳授的操偶絕學練得滾瓜爛熟，與小丑木偶合作無間，代爸爸完成許多件買凶殺人的生意。

文孝晴知道紅牡丹肯定不會善罷干休，這些天一有空，也會想想未來與紅家後續糾葛，只是她沒料到紅牡丹會這麼快展開行動。

「既然妳連阿公都帶來了，不直接進來抓我嗎？」文孝晴這麼問。

「我說過不會再上妳當！」紅牡丹哼哼地說：「我剛剛就試過了，我射去的彈珠上帶著法術，但對妳無效，妳能令我法術失效，只要我踩進妳能力範圍，就算是阿公大概也拿妳沒辦法……妳身邊跟著一個女學生和一位老阿姨，那位老阿姨能令我產生幻覺，但現在太陽還沒下山，老阿姨不敢露臉；所以妳想騙我進廁所，讓我法力失效，再藉著廁所擋陽光，派出老阿姨，就能像之前一樣迷惑我。」

「妳知道就好。」文孝晴說：「那妳要怎麼抓我呢？」

「現在離太陽下山，還有一段時間，我可以慢慢想。」紅牡丹這麼說。

「好，那妳慢慢想，我不催妳。」文孝晴這麼說，結束對話，從包包裡取出防狼噴霧器，坐在馬桶上思索應對之道。

紅牡丹不肯進來，她也不願魯莽外出迎戰，畢竟她不知道紅牡丹身上除了彈弓之外，還有沒有帶著其他厲害武器，或是身旁還跟著其他幫手。

但她知道紅牡丹等不了太久，在太陽下山前，她必定會有動作。

否則太陽一下山，她帶著江姊和伶伶殺出廁所，屆時她領域內的對手法術失效，江姊就能大殺四方。

□

謝初恭感到臉上一陣微微酥麻，緩緩睜開眼睛。

眼前依舊一片漆黑。

除此之外，他的雙手被固定在背後，雙腳彎曲呈側躺姿勢，且也被固定。

多年諜報電影的觀賞經驗，加上自幼立志成為超級特務或至少是名偵探的想像力告訴他——他被人綁架了。

此時他的雙眼被蒙上黑布、雙手雙腳被束帶紮捆，僅能憑著那熟悉的震動搖晃感和環境氣味，判斷自己應是被擺在汽車後座上，正被綁匪載往目的地。

他回想剛剛的遇襲經過，對方是一高一矮兩個男人。

高壯男人蓄著平頭、穿著無袖背心、臉上有道疤；矮瘦男人面容猥瑣，頭髮油膩，一雙眼睛賊呼呼的。

「唉，就不知道牡丹姊一個人能不能對付那厲害女人。」

副駕駛座傳來說話聲，聲音既尖且細，謝初恭立時想起剛剛那要奪他行李箱的猥瑣矮子，同時也忍不住驚呼出聲。「牡丹？紅牡丹？你們是紅家的人？啊！你們是強牛跟蒼蠅！」

「喝！」駕駛座上的高壯男人，和副駕駛座的猥瑣矮子，聽見謝初恭這話，不由得都是一驚。

猥瑣矮子探頭往後望，瞪著被蒙著雙眼的謝初恭問：「你怎麼知道我們是誰？」

「這個嘛……」謝初恭努力回想先前江姊向紅牡丹套問出的祕密——術士紅齊天除了女兒紅牡丹外，還有兩個徒弟，高的叫強牛、矮的叫蒼蠅。「是紅牡丹跟我們說的，在富貴苑裡，她講了不少她爸爸、阿公，還有你們的事。」

「什麼！」強牛瞪大眼睛，不敢置信。「牡丹不可能對外人講師父跟阿公的事，你不要鬼扯！」

「強牛……」蒼蠅倒是有不同看法。「你忘了牡丹姊……是怎麼稱呼這位謝社長的？她說謝社長是她丈夫，也就是說，謝社長不是外人……」

「放屁！那只是她隨口說的笑話。」強牛朝著蒼蠅怒吼。「你再提一次，我就殺了你！」

「好好好我不提。」蒼蠅嘟囔說：「反正等牡丹姊制服那女人，回來聽她自己說吧。」

「……」強牛暴躁開著車，不停透過後視鏡，瞪著謝初恭。

謝初恭默默無語，像是在思索對策，但覺得臉上不時會感應到一陣酥麻，那感覺他十分熟悉——

是老哥。

眼前這強牛和蒼蠅，與其說是紅齊天徒弟，不如說是紅家兩個打雜奴僕，他們沒有習法天賦，平時必須特地用符籙開眼才能見鬼，因此此時完全沒發現謝初恭口袋車鑰匙上那狗狗綴飾裡藏著老哥魂魄。

除了老哥，藏著倫倫的那只晴天娃娃，也在謝初恭外套口袋裡。

謝初恭自然不會主動向強牛和蒼蠅洩露他身邊其實還跟著兩隻鬼的祕密，他閉口不語，默默思索對策，遙想倘若是那些諜報電影裡的厲害特務，在這樣的情境下究竟會用什麼方法脫身。

他思索大半天，認清電影裡那些厲害特務的脫身方法，他全部不會。

光是手腳上的束帶，就令他無計可施了。

因此直到強牛駕車駛入一處停工多時的工地，將車停在一棟二層樓高的組合宿舍前，然後和蒼蠅聯手將他押下車、帶進宿舍、帶上二樓、按著他坐上椅子，在他雙腕束帶和椅背橫柱間多紮上一條束帶時，他都沒有反抗，因為他不知道該怎麼反抗。

強牛解下他蒙眼黑布，怒氣沖沖地瞪著他，問：「你跟牡丹在那大房子裡，究竟發生了什麼事？為什麼那時牡丹哭著回家？」

「我……」謝初恭說：「我們在工作啊，紅牡丹沒跟你們說嗎？她不是把酬勞都帶回去了，一毛沒少不是嗎？」

「我不是問這個！」強牛脹紅了臉，左手揪著謝初恭頭髮，右手捏緊成拳，像是恨不得立刻打歪謝初恭鼻子。「你們……有沒有……」

「有……沒有什麼？」

「有沒有……那個……」

「那個……是什麼？」

「那個就是那個——」強牛對著謝初恭臉面怒吼。「你給我老實說！」

「你到底要問哪個？」謝初恭瞪大眼睛，正愕然間，蒼蠅湊到他身旁，在他耳邊輕聲說：「做愛。」

「啥？」謝初恭愕然不解。「誰做愛？」

「你啊。」蒼蠅又說：「跟牡丹姊，你們有沒有做……」

蒼蠅還沒說完，臉上熱辣辣捱了強牛一記耳光，撲倒在地。

「你不要問那麼直接——」強牛脹紅了臉，雙手緊緊掐著謝初恭肩頭，猙獰瞪著謝初恭，一字一句地說：「所以……你有沒有……跟牡丹……那個？」

「沒有。」謝初恭搖搖頭。「她不是我的菜。」

「真的沒有？」強牛像是鬆了口氣。

「真的沒有！你幹嘛不直接問她……」謝初恭話沒說完，也捱了一耳光。

「你白癡嗎？」強牛大力氣呼呼地說：「這種事怎能直接問牡丹，牡丹怎麼會看上你這種白癡小白臉？」他這麼說，接連又打了謝初恭幾巴掌。

「強……強牛哥……」蒼蠅連忙說：「你忘了牡丹姊的吩咐嗎？你不怕她生氣？」

「牡丹……」強牛聽到「牡丹」兩個字，這才恢復理智，氣喘吁吁地揪著謝初恭雙肩，輕輕搖晃，又問：「那你們到幾壘？」

「什麼幾壘……」謝初恭被打得暈頭轉向，一時沒聽明白，但見強牛雙眼通紅，像是又要失去理智，只好說：「牛哥……我跟你們牡丹小姐，半壘都沒有、我連打擊區都沒站上去……不，應該說我連球場都沒進去，我們一點曖昧也沒有，我對她沒興趣！」

「怎麼可能！」強牛怒吼：「那為什麼她說你是她未來老公？」

「我怎麼知道！妳要問他啊！」謝初恭也吼回去，然後又捱了一耳光。

「這種事我怎麼問？」

「你怎麼問干我屁事……」謝初恭無奈說：「我就對她沒興趣啊，你到底想聽什麼答案？」

強牛喘著氣，瞪著謝初恭。「我不信你說的話，我不信天底下有男人不喜歡牡丹……」

「你喜歡牡丹？」謝初恭反問。

「呃……」強牛先是愣了兩秒，跟著又重重搧了謝初恭一巴掌。「你說話一定要這麼直接嗎？」

這巴掌比前幾記都來得重，而且搧在鼻子上，登時讓謝初恭鼻子淌血。

「強牛哥，夠了啦！」蒼蠅見謝初恭被打出鼻血，驚慌拉開強牛，大叫說：「你要是打死他，牡丹姊真的會殺了我們！」

強牛喘著氣，恨恨瞪著謝初恭，蒼蠅輕拍強牛後背，安撫說：「這樣好了，我來問他，你要不要打通電話問一下牡丹姊情況，看她需不需要幫忙。」

「對……你說的對……」強牛這麼說，取出手機，走下樓打電話。

蒼蠅拿了衛生紙，替謝初恭擦拭鼻血，苦笑說：「謝社長，你……別怪強牛，他這人就是這樣，等下牡丹姊回來解釋清楚，他應該會向你道歉吧……應該啦。」

謝初恭見蒼蠅客氣許多，便試探性地問了些問題，蒼蠅有問必答，似乎是真將謝初恭當成牡丹丈夫了。

兩人閒聊半晌，謝初恭這才大致知道自己受擄的前因始末——原來紅牡丹當日乘坐火車返回台東老家之後，心有不甘，帶著兩個師弟和幾樣壓箱法寶，連夜殺往台北，想向文謝二人討回公道。

紅家專精修煉惡靈木偶，偶爾煉出了不受控的木偶，脫逃藏匿，紅家人便會帶著家傳的「指鬼針」捉拿反叛木偶——紅牡丹想用指鬼針鎖定小丑木偶位置，進而找著文謝二人。

然而指鬼針感應範圍僅有百公尺，紅牡丹等在通靈事務社附近守候兩天，等不到人，便趁夜開鎖摸進通靈事務社東翻西找，蒼蠅打開謝初恭留在辦公室的筆電，從他個人社群頁面上，見到他這幾日遊覽景點的自拍照和打卡紀錄，得知兩人仍在台中。

紅牡丹見到謝初恭和文孝晴一張張漫步沙灘、看夕陽吃美食的歡愉照片，氣得七竅生煙，連夜殺下台中，又花費兩日，循著兩人先前打卡地點，同時透過指鬼針逐漸縮小範圍，終於在昨夜找著溫泉旅館，等得兩人退房離開，跟蹤多時，逮著機會趁文孝晴如廁時對謝初恭下手。

「你……的意思是……你家牡丹小姐也在剛剛那個公園……」謝初恭追問：「跟阿晴單挑？」

「嗯……」蒼蠅點點頭，說：「剛剛到現在，差不多半小時了，牡丹小姐應該也打贏謝社長……那位員工了吧。」

「不可能。」謝初恭連連搖頭。「一定是我們家阿晴贏。」

「你們家……阿晴？」蒼蠅呆了呆，苦笑問：「謝社長……你跟我們家牡丹小姐，還有那位『阿晴小姐』……到底誰先誰後啊？」

「什麼誰先誰後？」

「就是……你跟誰先在一起的？你有對不起我們牡丹小姐嗎？」

「靠北唷——」謝初恭聽蒼蠅這麼說，氣呼呼地連連喊冤，稱自己和文孝晴只是同事關係，至於將來有沒有可能發展其他關係，也不關紅牡丹的事，因為他和紅牡丹一點關係也沒有，從頭到尾都是紅牡丹自己一廂情願，他從來也沒有答應過她什麼，且沒佔她便宜，他對她一點興趣也沒有。

「這……」蒼蠅抓抓頭，一時也不知該說些什麼，他聽見手機響起，接聽，是師父紅齊天打來的電話，立時接聽。「是……材料跟謝社長都到手了，牡丹姊還沒回來，她想和那個女人一對一，要我們看著謝社長。」蒼蠅說到這裡，回頭望了謝初恭一眼。「謝社長他啊……長得一表人才，不過他跟牡丹小姐之間到底發生什麼事，我也不清楚，這種事只有當事人才知道……是，強牛也在，什麼？您要我先把材料帶回台東？是、是……我立刻出發……」

蒼蠅掛斷電話，急急下樓。

謝初恭望著樓梯口，隱約聽見樓下蒼蠅和強牛對話。

「強牛，師父說這兩天就要替『八鬼偶』裝最後兩隻鬼，要我把『材料』帶回台東讓他瞧瞧。」

「要我送你去車站嗎？」

「不了，我自己叫車，你留下看著謝社長，記得別再打他啦，不然牡丹小姐肯定要發飆啦。」

「哼……」

謝初恭靜待數分鐘，不再聽見聲音，也沒人上樓，便試探性地低聲喊了幾聲：「倫倫、倫倫，你在嗎？」

倫倫緩緩在他面前現形，身子若隱若現。

同時，他再一次感到大腿微微發出麻癢，接著麻癢爬到了下巴——那是老哥跳到腿上舔他。

老哥道行不高，僅有在當初咬那剛死不久的變態男鬼時，能稍稍展露一口牙威力之外，對於凡人而言，老哥頂多像是一縷幻影，甚至連幻影都稱不上。即便是謝初恭這樣與之心靈相通的老主人，平時也極難瞧清老哥模樣，只能偶爾感受到老哥舔舐自己時發出的淡淡麻癢。

因此老哥一路上見謝初恭受擄、捱揍，即便衝去狠咬強牛和蒼蠅，也絲毫起不了作用，兩人一點感覺也沒有。

「倫倫。」謝初恭低聲說：「你能幫我找把刀子或是剪刀之類的東西嗎？你知道剪刀吧，你以前做晴天娃娃時，應該用過剪刀吧……」

倫倫點點頭左顧右盼半晌，在角落一張木桌上，發現一柄水果刀。

他來到桌邊，探手去抓，但倫倫物理碰觸能力也不佳，嘗試數次，仍抓不著水果刀。

「不要急、慢慢來……」謝初恭低聲鼓勵倫倫。

倫倫攀爬上桌，蹲在水果刀前，努力用雙手推、甚至用雙腳蹬，一次又一次地嘗試，十次有九次，手腳會穿過水果刀，偶爾有一次，能稍稍刮著水果刀，將水果刀推出一、兩公分。

終於，喀啦一聲，水果刀被倫倫推落下地。

跟著倫倫用同樣的方法，花了大半個小時，一吋一吋地將水果刀推到謝初恭椅前。

接下來的困難之處，在於謝初恭雙腕和雙腳都紮著束帶，且雙腕和椅背橫柱間，也紮著一條束帶，等於雙手被固定在椅背上。

他試著扭動身子，很快發現雙腕上的束帶紮得十分嚴實，難以掙脫，但下一刻，他卻發現自己是個徹徹底底的大白癡——因為他雙腳踝雖被紮著束帶，但沒有跟椅腳固定在一起，當他試著前傾身子時，能讓木椅後椅腳翹起，只要動作小心點，便能用屁股撐著椅子，勉強站起。

站起之後的他，只要緩慢挪動腳步，便能一點一點地，挪到剛剛擺放水果刀的桌邊，讓倫倫將水果刀推至他手邊即可。

但他花費數十分鐘，盯著倫倫將水果刀從桌上推落地，推至他腳邊。

現在他該怎麼把水果刀從地上拾起呢？

他指揮著倫倫嘗試半晌，別說將水果刀從地上撿起遞給他了，就連將水果刀豎起，都無法完成。

突然一陣腳步聲響起，強牛上樓了。

謝初恭趕緊坐穩身子，用腳踩著水果刀。

下一刻，謝初恭再次覺得自己像白癡了——倫倫雖然無法碰觸實物，但他懂得附身，他先前便附身在那虐待大耳朵的變態男人身上，狠狠懲罰了對方。

「倫倫，你快附上強牛身子，再割開我手上的帶子。」他這麼吩咐倫倫。

「不要……」倫倫搖搖頭。

「啊？為什麼？」

「我怕……」

「你怕什麼，之前你不是附身過好幾次？」

「不一樣……」

「哪裡不一樣？」謝初恭聽強牛腳步聲越來越近，焦急說：「倫倫，現在阿晴不在，你要是不幫我，我們就逃不了了，知道嗎？阿晴可能也會有危險……你要勇敢……」

倫倫苦惱地點點頭，望著走上二樓的強牛。

強牛提著兩大袋鹽酥雞和一瓶可樂，瞪了謝初恭一眼，來到桌邊準備解開鹽酥雞袋子，但那外送鹽酥雞袋子打結紮得極緊，他粗大手指摳了半天也解不開，便東張西望找水果刀。「嗯？刀去哪了？我記得擺在桌上啊……」

強牛翻找半天，漸漸不耐，哼地一把將塑膠袋扯開，抽出一支雞屁股，一口咬下三枚。

倫倫來到強牛身後，回頭望了謝初恭一眼。

謝初恭點點頭，向倫倫報以一個鼓勵的笑容。

倫倫張開雙手，往強牛腰際一抱，卻尖叫彈開老遠，伏在地上抱臉哭叫。

「倫倫！你怎麼了？倫倫？」謝初恭駭然驚叫。

「喝！」強牛聽謝初恭突然怪叫，也嚇了一跳，轉身愕然瞪著他。「你跟誰說話？誰是倫倫？」

「嗚……」倫倫顫抖掙扎起身，退到牆邊，臉蛋和雙手微微發紅，像是被燙著一般。

謝初恭這才知道，強牛或許帶著護身符，他見倫倫又做出準備姿勢，像是想再次撲向強牛，連忙大聲喝阻：「倫倫，不要！」

倫倫這才停下動作，回頭望著謝初恭。

「別靠近他，他身上可能有護身符。」謝初恭無奈地說，他不忍讓倫倫再次被燙著。

「……」強牛放下雞屁股，轉頭瞧瞧房間四處環境，緩緩從領口掏出一只符包，往兩隻眼睛分別抹了幾下，跟著立刻盯住了倫倫。

「原來你有同夥跟著啊……哼哼。」強牛獰獰一笑，施力扯下符包，纏繞在手上，掄著拳頭走向倫倫。

倫倫驚恐地攀上牆，卻見強牛捏著符包，呢喃唸咒，耳朵立時發疼，摀起耳朵，卻擋不住驅鬼咒效力，難受得穿透天花板飛逃出宿舍外——此時太陽已經下山，天色漸漸轉暗。

但老哥淌著舌頭怪吼怪叫、甩頭扭身，怎麼也不願逃離謝初恭身邊。

「怎麼還有隻狗？」強牛愕然望著謝初恭腳邊打滾的老哥，大笑走向謝初恭，嚷嚷說：「這狗也是你的同夥？」

「去死！」謝初恭雙腳往前一蹬，將水果刀往前踢出兩公尺，跟著整個人往前一衝，連人帶椅撞上強牛肚腹，和強牛雙雙摔成一團。

強牛似乎沒料到被綁在椅上的謝初恭能站起撞他，後腦撞在櫃上，摔得眼冒金星。

謝初恭奮力扭身，背著雙手在地板上摸找半晌，終於摸著水果刀，割了半天，將手腕割出條條血痕，終於割斷腕上束帶，跟著再割腳踝束帶，強牛搗著腦袋站起，上前要狠狠修理謝初恭，卻見到倫倫湊在窗邊，探頭進屋朝他齜牙咧嘴，連忙找回落在地上的符包，繼續喃唸驅鬼咒。

謝初恭終於割斷雙腳上的束帶，掙扎要往樓下跑，被強牛趕來一把勒住頸子，將他往房內深處拖。

老哥吼叫撲來，瘋狂噬咬強牛——強牛不知老哥道行淺薄，根本咬不疼他，此時見有隻惡犬衝來狂吠猛咬，本能地將之視為威脅，連忙捏著符包唸驅鬼咒。

這麼一分心，謝初恭腦袋往後一撞，重重撞在強牛鼻子上，撞得強牛鬆開胳臂。

謝初恭往前狂奔，奔下一樓，開了門，奔出宿舍，嚷嚷大叫：「倫倫、老哥，跟著我——」

他還沒喊完，倫倫已經飛來攬上他頸子。

「老哥、老哥——」他回頭望著宿舍樓梯口，見強牛急急奔下一樓，但老哥搶先一步穿牆落在一樓，擋在門前，朝著強牛狂吠。

強牛加大音量喃唸驅鬼咒。

老哥難受得後退兩步，扭頭甩耳一陣，再次朝著強牛吠叫得更大聲，說什麼也不願讓開。

「倫倫……」謝初恭望著老哥的背影，將摟著他頸子的倫倫抱下，像是放生野鳥般高高拋上天，對他說：「天黑了，外面不曬了，想辦法找到阿晴。」

宿舍一樓，強牛見老哥死不讓路，氣得舉起捏著符包的拳頭，上前要揍老哥，一面大吼：「姓謝的，你別想逃！」

一張折疊椅自門外飛入，強牛本能抬起壯碩胳臂，擋下折疊椅砸擊。

「誰說我要逃了——」謝初恭抄著另一把折疊椅，吼叫衝進宿舍，高高舉起折疊椅，像是摔角秀一樣，重重往強牛腦袋猛砸。

強牛架起雙臂，硬生生接下幾記折疊椅重砸，跟著一拳勾在謝初恭側腹，將謝初恭打得跪地乾嘔起來。

強牛哼哼地對謝初恭展示他那強壯的二頭肌，揪著謝初恭的頭髮，像是想拉他起身。

「哇啊好痛，別別別這樣……」謝初恭雙手搖晃作勢求饒，踉蹌站起，突然眼神一變，揪住強牛胳臂，賞了強牛一記過肩摔，將強牛重摔在地。

下一刻，謝初恭扣著強牛手腕，向後一躺，使出一記十字固定，得意地說：「肌肉仔，看來你不知道本社長有十年柔道經驗……哇！」

謝初恭沒說完，陡然尖叫起來。

原來強牛伸手擰捏謝初恭大腿內側皮肉，趁他劇痛尖叫之際，硬生生將手抽出，破解了謝初恭這招十字固定。

「謝社長……」強牛扭扭脖子、扳起手指，冷笑地說：「你也不知道我在拜入師父門下之前，在菲律賓跟泰國打過幾年黑拳吧，柔道高手我也碰過好幾個了，他們的十字固定是真的厲害呀，跟你的十字固定完全不一樣，嘿嘿嘿……」

「是嗎……」謝初恭連忙起身，重新擺出架勢，不服氣地說：「哪裡不一樣？」

「你有真正折斷過一個人的手嗎？你動作雖然標準，但是根本不敢用力折啊，我沒說錯吧……」強牛扭扭鼻子笑呵呵地說：「但是我打死過人喔。」

「那……那又怎樣……」謝初恭感到一股強烈的無助感，強牛說的沒錯，他確實認真練過十年柔道，但沒有多少打架經驗，甚至連比賽經驗都寥寥可數，然而他眼前的對手，打過地下拳賽、打死過人，且根本不怕打死人。

他漸漸發覺此時的自己，和當年似乎沒有相差太多，站在他眼前的，都是比他強大許多的對手。

不同的是，這次他沒有逃跑。

謝初恭再次撲向強牛，兩人在地板上纏鬥扭打起來。

五分鐘後，原本的纏抱扭打，變成了強牛單方面施暴。

強牛騎跨在謝初恭腰腹上，左手揪著他領子，右手不停掄拳搥打他頭臉。

直到謝初恭滿臉是血，身子軟綿綿地沒有反應，強牛這才鬆手放開他。「要不是牡丹交代我別弄傷你，我頭兩拳就打死你了，憑你也想跟我打，哼……咦？我的符呢？」

強牛低頭找了找，驚見暈死的謝初恭嘴邊還沾著一條細繩，捏起一看，正是他符包繫繩。

「啊？」強牛愕然掐開謝初恭嘴巴往裡頭瞧。「你把我符吃了？」

□

謝初恭再次睜開眼睛時，發現自己重新回到二樓，且再次被綁在剛剛那張椅上。

這次他雙腳分別被束帶綁在兩支椅腳上，雙腕也一左一右地被綁在椅背兩邊支柱上，腰際還纏著一圈圈尼龍繩，將他牢牢跟椅子纏在一起。

他的下巴酥麻麻的，是老哥伏在他腿上舔他下巴。

「別怕……」謝初恭的鼻血滴滴答答，穿過老哥腦袋，落在自己大腿上。他苦笑說：「我把他的符包咬爛吃掉了，他沒辦法再唸咒了……」

原來謝初恭發覺自己無法擊倒強牛後，只好改變戰術，將目標放在強牛那符包上——否則老哥會一直反覆現身糾纏強牛，最終被驅鬼咒搞到魂飛魄散。

他在那幾分鐘的搏鬥中，不顧強牛左拳反覆重擊，全力以雙手緊緊揪著強牛右手，甚至張口咬強牛右手拇指根處，逼他鬆手，再趁機咬走符包，嚼爛嚥下肚之後，腦袋已被揍得暈頭轉向，再也無力反抗，只能癱在地上隨便強牛毆打，直至暈厥。

而那時強牛本來擔心符包沒了，老哥會趁機現身咬他，但符力消失之後，他就看不見老哥了，只當老哥被他嚇跑了，便將暈死的謝初恭扛上二樓，重新綁回椅上。

「只要堅持下去，阿晴一定會來救我們……」謝初恭喃喃地對老哥說，突然聽見一陣腳步聲，是強牛上樓了。強牛身後，似乎還跟著一個人。

是紅牡丹，她隨著強牛走上二樓，見謝初恭鼻青臉腫，鼻血淌了滿臉，氣得轉身朝著強牛尖叫：「你把他打成這樣？我不是要你們別為難他嗎？」

「牡丹……」強牛有些委屈說：「他就想逃啊，剛剛他身上帶著鬼耶，他還咬我，我也是花了好大功夫才制服他……」

「什麼鬼？」紅牡丹轉頭望了謝初恭一眼，跟著回頭啪地賞了強牛一耳光，怒叱：「連隻狗魂你都怕成這樣？狗咬了你嗎？」

「沒有……」強牛搖搖頭。

「快把他手腳解開！」紅牡丹這麼下令，來到謝初恭面前，取出面紙，托起他的臉，替他擦拭臉上血跡，疼惜地說：「謝社長，很痛對不對，不好意思，強牛跟蒼蠅算是我師弟，是我教導無方，你別介意……」

「牡丹小姐，我可以……拜託妳一件事嗎？」謝初恭望著伏在他腿上那若隱若現的老哥，說：「這隻狗……是我小時候養過的狗，我把牠當哥哥，妳別為難牠……妳有什麼不滿的話，拿我出氣好了……」

「這是謝社長你的狗啊，好可愛呢。」紅牡丹捏著老哥後頸，將牠從謝初恭腿上提起，提至角落安放，摸摸牠的頭，這才重新回到謝初恭面前，笑嘻嘻地說：「我答應你，但是你得當我老公——老公的狗，我會愛屋及烏，其他臭男人的狗，我巴不得吃了。」

她這麼說時，老哥頸上倏地攀上一個小影，是那小丑木偶。

老哥被小丑木偶騎上脖子，像是戴上厚重枷鎖般，腦袋貼著地板，一動也不能動。

謝初恭正想說些什麼，肩頭也坐上一個小影，是個渾身漆黑的木偶，謝初恭只覺得全身發軟，全然無法出力，只能喃喃地說：「妳……有兩個木偶？」

「這是我阿公喔，今晚之後，也是你阿公了。」紅牡丹笑吟吟地說：「我特地帶阿公幫我們證婚。」

「證……婚？」謝初恭尚未反應過來，便見強牛臭著臉來到他身邊，拿著水果刀割開他手腳束帶和腰際尼龍繩，將他從椅上架起，架進另一個房間。

那房間裡有張雙人床，床邊小桌上有瓶紅酒、兩只高腳杯。雙人床鋪著大紅床單、枕頭被子全都是紅的，牆上還貼著大大的「囍」字，彷彿是間婚房。

強牛將謝初恭扔上床，伸手解謝初恭襯衫釦子。

「哇！等等……」謝初恭肩頭坐著那漆黑木偶，全身都使不上力，只能動嘴。「老兄你要幹嘛？你們想挖我內臟拿去賣？」

「你這混蛋……」強牛一張臉脹得通紅，眼眶含淚，恨恨瞪著謝初恭。「你以後……要是對不起牡丹，我保證殺了你……」

「什麼？你說什麼？」謝初恭還想問些什麼，卻見強牛眼淚滴答答地落在他胸口上，不禁愕然得說不出話。

紅牡丹走進房，她換上一身紅袍，頭臉還罩著紅巾，來到床旁，拍拍強牛肩膀，說：「好了好了，剩下的我自己來，你下樓待著，別在這當電燈泡了。」

她說完，見強牛沒反應，語氣變得冷厲地說：「你沒聽見我說話嗎？」

「聽見了。」強牛這才轉身離去，關上門。

房中只剩下謝初恭和紅牡丹，以及那只漆黑木偶。

「謝社長……」紅牡丹騎跨上謝初恭的腰際，雙手揪著謝初恭領子，將他上半身拉起，笑吟吟地問：「你想先喝交杯酒，還是在阿公面前跟我拜堂，還是直接洞房？我都可以喲。」

「我……」謝初恭說：「我想回家……」

「等明天天亮。」紅牡丹說：「強牛會開車帶你回台東看爸爸。」她說到這裡，頓了頓，又說：「等我抓到文小姐之後，再回台東跟你團聚。」

「所以……」謝初恭喃喃問：「剛剛妳沒抓到她？那她現在人呢？」

「……」紅牡丹靜默幾秒，像是不願回答這個問題，她說：「今天我不想和你聊別的女人，今晚你只要想著我就行了。」

紅牡丹邊說，邊捏起謝初恭的手，替自己揭下鮮紅頭巾。

頭巾下，紅牡丹的臉色蒼白，雙眼卻滿布血絲，紅通通的，令謝初恭不禁打了個哆嗦。

「你會冷嗎？」紅牡丹問。

「不……」謝初恭搖搖頭，說：「我只是覺得……我們這樣好嗎？」

「這樣不好嗎？」

「可是強牛他……」

「強牛怎麼了？」

「我覺得強牛應該喜歡妳……」

「謝社長，你別開玩笑了，強牛是我師弟，怎麼可能……」紅牡丹還沒說完，突然回頭朝著門外怒吼：「強牛，我不是叫你下樓？你鬼鬼祟祟躲在外面幹嘛？」

「我……」強牛開了門，走進來，遞上一盒保險套。「我只是想你們可能需要這個……」

「不需要！」紅牡丹暴怒一巴掌打落強牛手中的保險套。「我今晚就要懷上謝社長的骨肉，你少煩我！」

「我……」強牛揑緊拳頭、脹紅了臉、欲言又止。

「強牛，說話啊——」謝初恭誠懇望著強牛，嚷嚷說：「你自己告訴牡丹，你愛她！」

「你說什麼！牡丹她……」強牛滿臉通紅地厲聲駁斥，但講沒兩句，聲音卻心虛地放軟許多。「是我師姊……」

「是，她是你師姊，你愛上了你的牡丹師姊，就算你的嘴巴不承認，但是你的心不會背叛你，你的心告訴你，你想親吻她、想佔有她、想跟她生一窩小貝比，你相信你才是最適合她的真命天子！」

「謝社長！你幹嘛跟強牛說這些啦……」紅牡丹捧著謝初恭的臉，令他轉頭望自己，嬌惱說：「你管別人愛不愛我？天底下愛我的人這麼多，我能怎麼辦，你又能怎麼辦？重點是……你愛我就行啦！」

「可是我不愛妳。」謝初恭望著紅牡丹。

「別鬧了，謝社長你害羞啊。」紅牡丹嬌笑一聲，對謝初恭說：「你沒聽過一句話——『牡丹花下死，做鬼也風流』，這個世界上，沒有男人能抗拒牡丹花的魅力……」紅牡丹一邊說，一邊伸出舌頭，輕輕舔舐謝初恭的鼻子，舔舐他臉上沒擦乾淨的血跡。「謝社長，你就大方承認你早已經拜倒在牡丹我的石榴裙下了吧……」

「妳……只是名字叫牡丹，又不是真的牡丹花……」

「那你看我是什麼花？」

「大……大……」謝初恭見紅牡丹臉貼得近，不敢直視她眼睛，他心中隱隱明白，要是他誠實吐出第一時間浮現在腦海裡的「大王花」三個字，恐怕再也見不到明天的太陽了，因此改口說：「我已經……有喜歡的人了……」

紅牡丹呆滯半晌，擠出僵凝笑容，喃喃說：「沒關係，我會殺掉那個人，然後你就沒有喜歡的人了。之後，你喜歡誰，我就殺誰，最後，你只會喜歡我……」

謝初恭嚥下一口口水，瞥了瞥佇在門外的強牛，喃喃說：「我覺得妳可以考慮一下強牛，他比我高比我壯，對妳又忠心、又愛妳……」

強牛聽謝初恭竟替他說話，身子一顫，走進房，來到床邊，對紅牡丹說：「是啊，牡丹，我……」

他還沒說完，臉上重重捱了紅牡丹一巴掌，登時出現數條血痕——紅牡丹這巴掌，不只是巴掌，還加上了指甲重扒。

紅牡丹自謝初恭身上躍起，暴跳如雷地站在床邊，指著強牛怒吼：「你怎麼還在這裡？給我滾出去——」

她還沒吼完，卻被強牛一把抱下，摟進懷裡，深深擁吻。

下一刻，紅牡丹按住強牛腦袋，姆指挖進強牛右眼。

同時，本來坐在謝初恭肩上的漆黑木偶，向後仰倒，摔在床上。

強牛淒厲慘叫。

紅牡丹暴怒尖叫：「她來了？」

謝初恭也驚恐尖叫：「哇啊——」

少了漆黑木偶壓肩，謝初恭能動了，他用盡全身的力氣飛撲下床，踉蹌奪門而出，他見本來騎在老哥脖子上的小丑木偶此時也落在地上，二話不說上前一腳踢飛小丑木偶，抱起老哥就往樓下跑，同時驚恐鬼叫：「媽呀！剛剛發生什麼事？那是什麼劇情？太突然了，我沒辦法消化……啊！」

奔下一樓的謝初恭，見到文孝晴踏進宿舍，像是見到觀音菩薩顯靈一樣，激動奔到門邊，撲跪在文孝晴身前，抱著她的腿哇哇大哭起來。「嗚哇阿晴妳終於來了！我等妳等得好苦啊……」

「抱歉社長，我來晚了，不過你先起來……」文孝晴望著樓梯上緩緩下樓的紅牡丹。「我得先對付她。」

紅牡丹左手捏著一顆東西，放進嘴裡嘎吱嘎吱地嚼食。

「哇啊——」謝初恭見到紅牡丹那凶厲模樣，連滾帶爬躲到文孝晴身後，抱著老哥直發抖，嚷嚷叫著：「那是強牛的眼睛！她在吃強牛的眼睛！」

此時二樓，還猶自迴盪著強牛淒厲的哀嚎聲。

紅牡丹走至一樓，揚起雙手，咆哮著衝向文孝晴，像是想要掐死她：「妳就是那個女人對吧，我殺了妳——」

紅牡丹衝到文孝晴面前，雙手剛觸著文孝晴脖子，便像是觸電一樣，顫抖一陣，癱軟暈死倒地。

然後搖搖晃晃地站起，向文孝晴微微一笑。「阿晴大王。」

是江姊附上了紅牡丹身子。

「社長!」伶伶牽著倫倫，在謝初恭面前現身，望著謝初恭驚叫起來：「他們好過分喔!竟然把你打成這樣……」

剛剛在公園時，紅牡丹接連施展數種異術，但那些法術一接近公廁，通通失效。天色漸漸轉暗，她無計可施，只好先行撤退，招了輛計程車，轉往工地，想先和謝初恭生米煮成熟飯，再想辦法對付文孝晴。

當時文孝晴一感應到紅牡丹肩上的阿公木偶開始移動，立時追出廁所，她先派伶伶飛上天，遠遠跟蹤紅牡丹那輛計程車，同時自己也攔停一輛私人座車——江姊催眠駕駛，讓駕駛相信文孝晴是國安局人員，正在偵辦一件機密案件，駕駛乖乖按照文孝晴指示往前或是轉彎。

文孝晴望著前方空中伶伶打的手勢，指揮駕駛循著紅牡丹前進路線，一路找來這處工地，最終感應著兩只凶靈木偶的氣息，來到宿舍。

沿途伶伶還撞見在空中邊哭邊飛的倫倫，便將倫倫也喊來身邊，一齊追車。

此時宿舍裡，文孝晴領著大夥走上二樓，拾起落在地上的小丑木偶，跟著走進那大紅婚房，盯著少了隻眼，在地上哀嚎打滾的強牛，嘖地皺了皺眉頭，轉身向附在紅牡丹身上的江姊借了隻斷手，扔在強牛身上。

強牛立時睡著。

「這東西應該就是牡丹小姐的阿公吧……」文孝晴見床上那漆黑木偶，伸手拾起，拿在手上翻看一番，突然想起什麼，問謝初恭：「我們的行李箱呢？為什麼我感應不到婆婆跟大嫂？」

謝初恭搖搖頭，說蒼蠅接到紅齊天的電話之後，便帶著行李箱返回台東了，似乎是要想拿來修煉一個叫作「八鬼偶」的東西。

「這樣啊……」文孝晴望著手上兩只木偶，默默不語，說：「既然如此，我們只好禮尚往來了……」她說到這裡，轉頭望向謝初恭。「社長，我們等等把這件事收尾之後，旅遊正式結束，我們立刻回去準備接下來的工作。」

「什麼工作？」

「換俘。」

CASE# 03

百鬼夜襲黃老仙

本次……依舊不是案件，而是本社為了貫徹正義與愛，而進行的一次特別任務。本社首席談判專家阿晴小姐，計畫以擄獲的兩隻木偶，向紅家交換富貴苑的婆媳亡靈——阿晴答應過大嫂，要替她清乾淨身上的降頭蟲、還她自由。這是當初大嫂同意離開富貴苑的條件，也是本社對靈界朋友做出的承諾。這次任務，也是老哥加入本社，擔任通靈事務社鎮社神犬後，所參與的第一次正式任務——

富貴苑婆媳救援行動，正式開始！

北上的車程中，謝初恭情緒略顯高昂，文孝晴則安靜閉目，捧著兩具木偶，窺視木偶裡惡靈的過往記憶。

不久之前，他們花了點功夫，替紅牡丹襲擊事件做了收尾——強牛被紅牡丹挖去一眼，需要就醫，但文孝晴擔心他失去江姊力量控制，在醫院清醒之後發狂失控，傷及毫無準備的醫護人員，因此派伶伶附在強牛身上，佯裝成精神異常，持著棍棒上街大吵大鬧，再被趕來的警察壓制送醫，好讓醫院注意到這傢伙可是危險人物。

文謝二人則帶著被江姊附身的紅牡丹，搭計程車返回昨晚快炒店附近取車，然後前往台中火車站，用同樣的方法，將紅牡丹送上駛向台東的火車。自然，紅牡丹攜來的那些古怪法器、道具，以及兩隻木偶，盡數被文孝晴沒收，還將她的手機桌面改為通靈事務社社員大合照——

合照裡，文孝晴雙手攬著鼻青臉腫的謝初恭頸子，嘟嘴作勢要親他，江姊、伶伶、倫倫圍繞在兩人周圍，一齊對著鏡頭比 YA，老哥則窩在謝初恭懷裡，淌著舌頭微笑。

真是一張極盡挑釁之能事的靈異照片。

也是通靈事務社對紅家下的戰帖。

那戰帖內容，文孝晴以通訊軟體，直接傳進紅牡丹手機裡，然後再次將她封鎖——

牡丹小姐，妳第二次輸給我了。

但我很樂意再給妳一次挑戰機會。

但在這之前，我想交換俘虜——我用妳那兩隻木偶，交換富貴苑婆媳亡靈。

請注意，只要婆媳亡靈出了一點差錯，我就一把火燒掉那兩隻木偶，把灰燼倒馬桶沖掉。

至於碰面時間、地點、細節，請妳爸跟我談，妳很難溝通，所以我暫時先封鎖妳。

通靈事務社　文孝晴

「好好奇喔。」伶伶在後座現身。「我好想知道那位牡丹小姐看到我們公司合照跟阿晴姊訊息之後的反應……」

「應該抓狂了吧。」謝初恭打著哈哈。「希望別傷及火車上無辜乘客……」

他說到這裡，突然想起什麼，望了望後視鏡，同樣坐在後座的江姊。「江姊，妳這次送牡丹小姐上火車，有讓她作夢嗎？還是只是讓她睡著？」

「我讓她作了場……半美夢吧。」江姊掩嘴竊笑，彷彿對自己編織的夢境頗為得意。

「什麼叫『半美夢』？」

「我讓她在夢裡，真的跟你洞房了，嘻嘻。」

「什麼！」謝初恭先是愕然，跟著大聲抗議。「妳怎麼可以這樣？那樣太便宜她了吧，而且她之後肯定要誤會，她會一口咬定跟我生米煮成熟飯，這下完蛋了……」

「不會不會……」江姊呵呵笑說：「我在飯快煮熟之前，把你換成那個肌肉男人手下，她嚇得差點瘋掉，笑死我了！」

謝初恭愕然半晌，喃喃說：「這樣好像也不錯……幫強牛了卻一樁心願，雖然他沒有煮到……」

坐在伶伶和江姊中間的倫倫，摟著老哥，見身旁江姊和伶伶都笑得花枝亂顫，困惑問：「為什麼要煮飯啊？」

「這個煮飯啊，就是……」江姊眨著一雙厲鬼眼睛，咧嘴笑著向倫倫解釋何謂「煮飯」，伶伶立時伸手摀住倫倫耳朵，嚷嚷說：「江姊，倫倫只是個孩子，別教他這個。」

大夥兒笑鬧一陣，坐在副駕駛座上的文孝晴卻絲毫沒有任何反應。

謝初恭瞥了瞥身旁的文孝晴，向後座眾鬼使了個眼色，示意大家安靜些——文孝晴每當像現在這樣安靜時，通常是極度專心在一件重要的事情上，再不然就是嫌周圍太吵而生起悶氣。

車內立時安靜下來。

文孝晴眉頭仍然不時緊蹙，眼皮底下眼珠子胡亂轉動，像是從兩具木偶身中，瞧見極度不可思議的景象。

又過了好半晌，文孝晴終於睜開眼睛，長長呼了口氣，微笑轉頭對謝初恭說：「社長，恭喜。」

「恭喜？恭喜什麼？」

「中大獎了。」

「中大獎？什麼大獎？」

文孝晴正想說明，突然手機響了一聲，她取出手機檢視，是個陌生帳號傳來了加入好友的訊息。

紅齊天。

文孝晴立時點開紅齊天帳號，傳了一個貼圖過去，下一秒，立時收到語音通話邀約。

文孝晴接受邀約，並將手機開啟擴音。

「妳好，文小姐。」紅齊天的聲音聽來溫吞斯文，和眾人先前想像中，那種修煉邪術至走火入魔的癲狂中年人形象截然不同。「我是紅牡丹的父親，紅齊天。」

「你女兒已經把事情都告訴你了？」文孝晴說：「需要我簡單說明一遍嗎？」

「牡丹她很激動，但我大概明白發生了什麼事，妳應該就是……牡丹說的那位談判專家是吧？」紅齊天這麼說：「謝老闆現在在妳身邊嗎？」

「紅先生，我們講重點吧。」文孝晴冷笑兩聲，說：「我要用你老爸木偶跟小丑木偶，交換被你們搶走的婆媳亡靈，再加上你爸爸傳給你的木偶——阿贊。」

「妳……知道阿贊？」紅齊天有些訝異。「是牡丹告訴妳的？」

「你不用管是誰告訴我的。」文孝晴說：「你只要回答要不要交換就好，如果不交換，那麼談判破裂，我會直接燒了你老爸跟那隻小丑；如果要交換，那具體交換時間地點另外再談，如果你需要時間考慮，可以明天再回答我……」

「好，我願意交換。」紅齊天語氣異常溫柔，說：「妳剛剛說，具體交換時間地點另外談，妳希望怎麼談？我建議找間咖啡廳，妳我二人，坐下來好好談，大家都是同道中人，不需要劍拔弩張……」

「十天後，地點在通靈事務社，可以嗎？」文孝晴打斷紅齊天的話。「還是你有其他中意的時間地點？也可以提出來，我看能不能配合。」

「啊……」紅齊天呆了呆，又說：「文小姐，我是覺得可以不用這麼拘謹，大家不打不相識，交個朋友也行吶，我看過牡丹傳給我的照片了，文小姐確實是位奇女子，儀表出眾、氣質非凡，我猜妳應該喜歡看電影……」

文孝晴按下結束通話，將紅齊天的訊息提醒調整為靜音，然後飛快打下一段訊息傳出——

從明天開始，我每晚十點到十一點之間會統一回覆訊息，其餘時間不回訊息、不接電話，你想好交換木偶的時間地點之後再傳給我。

「哇塞，果然是父女耶——」

伶伶尖叫轟笑起來，車內騷動一陣之後，謝初恭像是想到什麼，瞥了文孝晴一眼，問：「等等——妳剛剛說，要用兩個木偶換婆媳亡靈，再加上另一個木偶？」

「阿贊。」

「阿贊？那是啥？」

「是一隻木偶。」文孝晴捧起漆黑木偶，微微一笑說：「就是我手上這位紅爺爺生前親手煉成的木偶，他當年用阿贊獵過不少人頭，而且在紅齊天很小的時候，就教兒子操縱阿贊，等著將來有天成為他的接班人。所以那隻阿贊，也是紅齊天從小玩到大的木偶。」

「所以……妳剛剛安靜那麼久，就是在看那位紅爺爺的記憶？所以知道阿贊……但妳為什麼要換阿贊？阿贊很重要嗎？」謝初恭不解地問。

「非常重要。」文孝晴說：「所以我才會說中大獎了。」

「阿贊是大獎？」

「是。」文孝晴點點頭，說：「我在看紅爺爺記憶的時候，因為想快點弄清楚紅家父女究竟玩什麼把戲，所以時間上是倒著看——從幾天前牡丹小姐回到老家，帶著兩個師弟準備報仇開始，一路往前面看。」

文孝晴看到了紅牡丹從二十幾歲倒退回七、八歲的模樣；看到她這些年修習操偶和邪術的過程；看到紅爺爺生前指導紅齊天如何在他死後，將他的魂魄注入木偶，煉成一具完美木偶的經過；看到紅爺爺長年訓練紅齊天當接班人的種種嚴酷手段；看到紅爺爺從老年到中年的種種事蹟。

紅爺爺當年幹的事，和後來的紅齊天差不多，大多是收錢替人獵殺仇家。盛年時的紅爺爺相當自負，除了賺錢的生意之外，也熱衷於術士之間私鬥約戰。

而紅爺爺的自負也並非沒有道理，畢竟他生涯未嚐一敗。

那些和他對戰過的術士之中，道行厲害點的，最後都變成了他的木偶；道行平庸的，則會變成他修煉木偶時消耗的「材料」；更加劣質的，則是他用以餵養木偶凶靈的「餌食」。

而紅爺爺生平遭遇過最厲害的對手，是一個降頭師。

就是阿贊。

嚴格來說，文孝晴覺得阿贊似乎更厲害些，因為當時紅爺爺之所以能夠擊敗阿贊，可是用上了陰招——紅爺爺在與阿贊約戰日期前兩週的某天清晨，帶著七具木偶和各種邪術道具，埋伏在山路上，趁阿贊上山採藥挖筍，準備返家燉粥照料病重妻子之際，半路殺出，打得阿贊措手不及。

即便如此，阿贊還是打爛了紅爺爺六具木偶和一隻眼睛，這才落敗。

阿贊臨死前，承認自己輸了，哀求紅爺爺幫他一個忙，替他家中妻子叫救護車——他妻子病得很重，若無他施術壓著妻子體內惡瘤，他妻子很快會病發身亡，屆時他那年僅十二歲的幼女獨自一人在家中面對母親屍體，太可憐了。

紅爺爺笑著叫阿贊放心，說自己等等會直接殺掉阿贊妻女。

紅爺爺真的這麼做了，最終將阿贊一家三口都煉成了木偶，且為此得意洋洋許多年。

「真是狠毒。」文孝晴說到這裡，捏指對那漆黑木偶腦袋彈了一下，將漆黑木偶的腦袋彈得向後一仰。哼哼說：「牡丹小姐性格之所以那麼扭曲，是她爸爸從小教的；而她爸爸，正是這老傢伙教出來的，一家都不像人……」

「所以……」謝初恭問：「妳見阿贊那麼可憐，想連阿贊一起救？」

「這倒不是……」文孝晴搖搖頭，說：「阿贊看起來也不是什麼善類，我還不知道他過去有沒有做出傷天害理的事，說同情太早了，重點是——我認得阿贊的長相，我看過他的臉。」

「啊！」謝初恭愕然轉頭望著文孝晴。「妳看過阿贊的臉！」

「看路啊。」文孝晴立時將謝初恭腦袋推回正面，繼續說：「我看過阿贊——在黃老先生的記憶裡。」

「黃老先生……的記憶裡。」謝初恭愣了愣，哇地怪叫：「啊啊！那個阿贊，就是那個當年黃老先生上山想自殺時見到的降頭師！就是那個答應幫黃老仙修煉成厲害大鬼結果最後失蹤的降頭師！」

他這麼說時，不敢置信地再次望向文孝晴。

「看路啦！」文孝晴惱火地將謝初恭腦袋再次推回正面。「我看電影最討厭看到駕駛一邊開車、一邊轉頭十幾二十秒，找死嗎？」

「對不起……」謝初恭瞪大眼睛注意路況，但心情卻是又激動又興奮——這表示黃老仙提出的那個看似大海撈針的要求，有可能實現了。

「阿晴妳還記得……之前小齊他表哥開給我們的條件是，如果能順利幫他賣掉黃老先生家，可以抽多少啊？」謝初恭喃喃問。

「百分之五。」文孝晴說：「黃老先生那間房子，市價差不多一億，我們能拿五百萬。」

「五百萬……」謝初恭感到手心冒汗，好半晌之後才說：「如果……紅爸爸不肯換呢？」

「那我們就直接搶。」文孝晴哼哼說：「他們先搶我們，我們搶回去，很公平啊。」

「沒錯！太公平了！」謝初恭吆喝一聲，加速駛向北部。

□

翌日午後，謝初恭駕著車，駛入黃老仙家前院。

文孝晴一進屋，立時前往二樓主臥房，向黃老仙報告發現阿贊的前因始末。

謝初恭則在黃老仙家隨意遛達，和第一次來訪時相比，現在他在黃老仙家裡，已感覺不到當初那種全身發寒的恐怖氣息了。顯然黃老仙已將他與文孝晴，視為友人甚至是擁有共同目標的伙伴，而非陌生的外來入侵者了。

即便如此，今天也是謝初恭第一次如此認真地探索黃老仙家。

黃老仙家是個擁有前後院的兩層樓透天別墅，一樓除了寬闊客廳和餐廳之外，還有兩間閒置空房；二樓有黃老仙的主臥房和書房，外加三間客房；頂樓則有一處加蓋的小溫室，過去黃老仙會在溫室裡種些四處蒐集而來的奇花異草；除此之外，這別墅還有地下室，堆積著黃老仙耗費多年蒐集而來的「靈異物品」——文孝晴說地下室裡大多數東西，都只是單純的裝飾擺設，僅有少部分飾品帶著微弱術力，對人鬼幾乎不會產生什麼影響。

半小時後，文孝晴步出主臥房，稱黃老仙答應讓她暫時將別墅當成作戰總部——她猜測紅家縱使答應十日後換俘，也未必會乖乖遵守規定，很可能要伺機出陰招，就像當年紅爺爺埋伏阿贊那般。倘若他們窩在通靈事務社裡以明敵暗，極可能中招。即便文孝晴天賦異稟，但對方是長年替黑道殺人辦事的殺手世家，倘若真起了殺意，找幾個嘍囉趁夜摸上樓開鎖扔汽油彈也不是不可能。

因此文孝晴決定暫時遷入黃老仙家，建立作戰總部，藉黃老仙之力抵禦紅家可能使出的手段。

兩人將整理了一上午的隨身物品、換洗衣物，一股腦地全搬入黃老仙家，將二樓三間客房，打掃布置成兩間臥房和一間「戰情室」。

期間文孝晴不時瞧瞧手機——紅齊天從昨晚開始，便三不五時會傳點東西給她，有長輩問安圖、有房產權狀照片、有銀行存摺照片、有他親自下廚料理一桌子菜的照片，有他年輕時掀衣展露腹肌的照片……文孝晴一律已讀不回。

傍晚時分，吃完晚餐的文謝二人，在大賣場內添購了大量物資，返回黃老仙家。

此時二樓戰情室已整理出基本雛形，文孝晴花了點功夫，將大賣場購得的平價個人電腦組裝完畢，搭配幾面液晶螢幕在桌上排成螢幕牆；謝初恭則在前後院、樓頂等數個角落架設監視器，最後將線路接至戰情室裡的個人電腦，如此一來，便能長時間監視大宅四周動靜——雖然類似的保全效果，黃老仙甚至是伶伶、倫倫和江姊也能做到，但文孝晴還是希望多一層保障，畢竟紅家世代修習邪術，說不定懂得一、兩種能夠遮鬼眼之類的法術，趁夜偷溜進來。

最後，文孝晴替戰情室電腦接上網路分享器、插入剛剛新辦的ＳＩＭ卡，隨時將監視畫面傳上雲端，讓兩人在外行動時，也能透過手機即時監看黃老仙大宅周遭動靜。

□

晚上十點，剛洗完澡的文孝晴，頭上裹著毛巾，坐在戰情室桌前，檢視筆電上的通訊軟體，她跳過紅齊天大量自戀照片後，終於見到一則正經留言——

文小姐好，齊天同意妳的提議，用婆媳鬼和妳指定的鬼偶，交換文小姐手中兩具鬼偶，時間就照妳說的。但是地點，我希望改個地方，畢竟我聽牡丹轉述，知道文小姐妳本事過人、才貌雙全，交易地點要是選在妳地盤上，那對我紅門父女，未免太過凶險，雖然齊天無懼生死，但不忍心女兒牡丹孤苦無依，所以懇請文小姐與齊天視訊，好好討論交易地點……

「……」文孝晴還沒看完整段訊息，便收到紅齊天視訊邀約，她扠手等待邀請鈴聲結束，這才重新回傳通話邀請。

紅齊天立時接起電話，喜孜孜地說：「文小姐不方便視訊嗎？」

文孝晴沒有理會紅齊天這句話，冷冷問：「你想約在什麼地點？」

「嗯，我希望是地形開闊點的地方……因為我聽說術士一旦踏進文小姐的『領域』裡，法術就會失效，真是令我佩服萬分，原來世間真有文小姐樣的才貌雙全的奇女子，就不知道文小姐修煉這手俊功夫，究竟花費多少心力和時間呢？」

文孝晴耐著性子等到了接話空檔，冷冷說：「換地點沒問題，河堤、墓地、公園都行，等等我挑幾個地方傳給你挑選，你如果都不滿意，要另外指定地點，也行。」文孝晴說：「今天對話就到這裡，我去吹頭髮了。」

「哦——」紅齊天聲音聽來有些興奮。「原來文小姐剛洗完澡呀！」

文孝晴掛上電話，撫著胸口作勢乾嘔兩聲，一臉嫌惡。

謝初恭坐在一旁螢幕牆前，測試監視器介面，和手機ＡＰＰ遠端監看功能，隨口問：「阿晴，我有個問題，兩個木偶就那樣隨便擺在客廳櫃子上，不會出問題嗎？裡頭的鬼會不會突然作怪？或是半夜偷偷欺負倫倫他們？」

客廳有面多寶格木櫃，櫃上一部分黃老仙的收藏品被挪至他處，換上倫倫的晴天娃娃、伶伶的折疊手機、老哥的鑰匙圈綴飾，以及紅爺爺和小丑木偶。

「那兩個木偶就算擺在我們通靈事務社裡，應該也沒辦法亂來。」文孝晴說：「因為他們身上捆著『九重鎖』——那是紅家專門用來禁錮木偶惡靈的法術，經過紅爺爺、紅齊天多年改良，一路從三重鎖進化到九重鎖——你還記得他們的指鬼針這道具嗎？那是紅家過去用來抓不聽話的木偶用的道具，但是自從紅爺爺研發出『六重鎖』之後，就再也沒動用過指鬼針捉拿叛逃木偶了，因為木偶裡的惡靈，沒辦法突破第六重鎖之後的禁錮法術，這些木偶如果沒有紅家施法啟動，平時就跟癱瘓一樣。」

她說到這裡，笑了笑，繼續說：「還有一件事我忘了講，紅爺爺生前曾經囑咐過紅齊天，說自己死後成了木偶，不可以上鎖——因為紅爺爺儘管想當紅家的鎮宅之寶，但還是希望可以隨心所欲自由活動，而不只是一件『工具』或是擺飾，長時間被擺在櫃子裡，那跟中風癱瘓沒有分別。」

「啊……」謝初恭呆了呆，說：「結果紅齊天還是替他老爸上了鎖？」

「沒錯。」文孝晴微微一笑。

「如果是這樣的話，他好像沒那麼在乎他老爸……」謝初恭說：「那他為什麼答應我們的換俘要求？因為他老爸煉成的木偶，比阿贊木偶更厲害？」

「也可能因為——」文孝晴說：「他有其他目的。」

「其他目的？」謝初恭想了想，乾笑兩聲。「他看上妳了？」

「這或許是其中一個目的，但應該還有另一個目的。」

「另一個目的……」謝初恭呆了呆，啊呀一聲。「我知道了，既然阿贊在他手上……所以他說不定也知道黃老仙！等等，不對……如果他知道黃老仙，為什麼之前這麼長時間都沒有行動？」

「我猜他最近才知道黃老仙。」文孝晴說：「畢竟阿贊自己也不知道黃老仙後續情況，且阿贊也沒有理由主動提黃老仙的事。」

「那紅齊天怎麼會知道黃老仙……」

「因為有個人，平常除了打卡，還喜歡自言自語，然後錄下來。」

「啊……」謝初恭這才想起紅牡丹帶著強牛、蒼蠅行動時，還曾闖進通靈事務社搜索過，從他筆電社群頁面上的打卡紀錄，找出他們當時位置，那麼當時順便聽聽他桌面資料夾裡的案件錄音，得知陽明山上有黃老仙這麼一位厲害大鬼，似乎也很合理。

謝初恭抓抓頭說：「所以我們來黃老先生家，一方面除了藉黃老先生的力量保護我們，同時也防止紅家過來對黃老先生出手。」

「對——這一點我已經跟黃老先生提過了，他老人家其實很期待對方主動送上門來，畢竟他沒辦法主動出門找對方……」

「嘖……」謝初恭有些擔心。「所以這幾天他們隨時有可能會找上門，說不定現在人已經在台北了！」

「不。」文孝晴瞧瞧自己筆電，切換視窗，搖頭說：「他們還在台東。」

「妳怎麼這麼肯定？」

「因為我看得到。」

「啊？」謝初恭起身來到文孝晴身旁，只見她筆電螢幕上開啟一個奇怪程式，右側有兩塊小小的分割畫面，一個畫面黑漆漆的，另個畫面鏡頭對著天花板——這視角，就像是將手機擺在桌上，背面鏡頭朝上一般。

「昨天你開車時，我抽空替紅牡丹跟強牛的手機裝了木馬程式。」

「什麼！」謝初恭這才知道，原來昨晚擄人事件收尾時，文孝晴派伶伶附身強牛外出鬼吼鬼叫前，確實拿著兩人手機把玩半晌，當時謝初恭只以為文孝晴替紅牡丹換了手機桌面，沒想到還順便替兩支手機裝了木馬——文孝晴的雲端硬碟裡，存著幾個她自行撰寫的木馬程式，以備不時之需。昨晚她拿著兩人手機從自己的雲端硬碟下載木馬程式安裝，整個過程用不了三分鐘。

「所以現在妳看得到紅牡丹的手機鏡頭？」謝初恭驚喜問。

「對。」文孝晴說明：「前後鏡頭都看得到，也聽得到附近說話聲，能透過GPS監視手機位置，還能從計步器有無反應，判斷手機主人是不是正在走路。」她說到這裡，切換至另一個視窗裡，那是強牛的手機木馬介面。「強牛的手機兩小時前，開始往南移動——我猜是強牛接到紅齊天通知，提早出院，搭火車回台東了。」

「如果是這樣的話，我們應該不可能會輸吧。」謝初恭信心滿滿。

「誰說的。」文孝晴哼哼起身，說：「等我吹完頭髮，我們來沙盤推演——你扮演我，我扮演紅家父女，看看雙方能打出哪些牌。」

一小時後，謝初恭本來的信心蕩然無存，認清即便黃老仙加上文孝晴，也並非天下無敵，對方仍然有許多辦法可以破解。

□

台東，紅家，地下密室。

紅牡丹、蒼蠅、紅齊天坐在地墊上，商討著之後的換俘行動。

「爸爸……」紅牡丹說：「你不陪我一起去換阿公？」

「對，我們父女兵分二路。」紅齊天笑著點點頭。「妳去拖延文小姐，爸爸去抓老鬼——那文小姐的『領域』再厲害，也沒辦法兼顧兩個地方。」

「可是爸爸……」紅牡丹說：「現在阿公在對方手上，如果我帶著阿贊去交換阿公，那爸爸你拿什麼去抓那老鬼。」

「傻瓜。」紅齊天瞅了瞅鎖在道場牆上那具木偶。「妳忘記爸爸煉這麼久的『八鬼偶』了嗎？」

紅齊天口中的「八鬼偶」，是一具等人大小，蓄著一頭灰白長髮，乍看之下像是服裝假人模特兒。但模樣可比假人模特兒詭怪多了，八鬼偶上身除了正常雙手之外，另外還有六隻手，分別接在頸、肩、脅、腰、腹、背上，每條胳臂上都鎖著鐵鍊，雙眼則蒙著一條紅布巾，口鼻上也戴著類似猛犬嘴套般的怪異口罩。

「八鬼偶距離煉成，不是還需要一段時間嗎？」紅牡丹問：「你嫌最後兩鬼不夠好，想用婆媳鬼來煉八鬼偶，但如果我拿婆媳鬼去換阿公，那八鬼偶不就少了兩鬼？還是你要用……之前嫌棄不夠好的兩鬼？」

「婆媳鬼，還是拿來煉八鬼偶吧。」紅齊天賊兮兮地笑了笑。「我們這兒囤著一堆材料，妳挑兩隻老女人帶去交差不就行了。」

「可是……」紅牡丹有些猶豫，說：「那女人見過婆媳鬼裡的媳婦啊……到時碰面，她會知道婆媳鬼被我們掉包了……」

「知道就知道吧。」

「她……要是她真燒了阿公怎麼辦？」

「燒了就燒了吧。」紅齊天微笑說：「再說，妳已經打算找人帶麻醉槍射她了，那文小姐再厲害，也躲不過子彈吧。」

「蒼蠅。」紅牡丹望了蒼蠅一眼。「你人找好了嗎？」

「找好了。」蒼蠅在一旁說：「他們說等過幾天麻醉槍弄到手，就會過來跟我們會合，一起上台北。」

「這樣肯定沒問題。」紅齊天哈哈一笑，對紅牡丹說：「等爸爸捉到那隻老鬼，用他煉一隻比阿贊、比妳阿公更厲害的新木偶，當成妳的生日禮物。」

「謝謝爸爸！」紅牡丹滿心歡喜，也覺得要是爸爸真能煉出一隻比阿贊、阿公更厲害的木偶，那麼阿公就算真被燒了，似乎也無所謂了。更何況她對自己的計畫信心滿滿，也同意爸爸的話——文孝晴再厲害，也躲不過子彈。她想到這裡，又說：「既然這樣的話，那阿贊是不是也可以用其他木偶代替？這樣爸爸你就能帶著阿贊去抓老鬼了。」

「不。」紅齊天搖搖頭。「我聽了妳傳給我的錄音檔案，那位謝社長把故事講得很仔細，我也拷問過阿贊了，原來那老鬼就是阿贊準備用來對付阿公的祕密武器，但當時阿公先下手為強，殺了阿贊，阿贊後來沒對阿公說這件事，阿公也一直不知道有那老鬼。總之，阿贊跟老鬼是同夥，他們之間可能有我不知道的約定，我不想讓他們碰面。所以阿贊還是讓妳帶著防身——到時候妳遠遠讓阿贊散發凶氣，一來蓋住假婆媳的味道，二來吸引那文小姐注意，這樣她更容易中槍。」

「對耶。」紅牡丹連連點頭，覺得紅齊天這建議確實挺好。「等我抓住她，看我怎麼弄死她……嘻嘻……」

「等等，女兒啊……」紅齊天見紅牡丹神情凶厲，連忙說：「妳可別忘了妳之前答應要替爸爸找個新老婆呀，所以別弄殘她、也別弄傷她的臉呀。」

「哼。」紅牡丹有些不悅。「爸爸呀，我再替你找其他女人不行嗎？那女人不能讓給我嗎？」

「不，我就要她。」紅齊天搖搖頭。「我愛上她了。」

「少來。」紅牡丹哼哼說：「沒多久你就膩了。」

「那等我膩了，再給妳當玩具呀。」

「好吧……」

「就這麼說定啦。」紅齊天起身，來到八鬼偶前，扠手抱胸盯著八鬼偶，像是藝術家在欣賞自己得意之作般。「蒼蠅，準備起壇，我來把婆媳鬼放進去。」

「是。」蒼蠅立時起身，拉來方桌，擺上法器，然後將富貴苑婆婆骨灰罈，和裝著大嫂的玻璃瓶擺上方桌。

「媽咪。」紅牡丹也來到八鬼偶前，雙手合十祝禱。「妳一定要幫爸爸抓住那厲害老鬼呀，那是我的生日禮物呀，等之後我抓到謝社長，再帶來給妳看，謝社長是我未來老公喲。」

八鬼偶裡的第一隻鬼，正是紅齊天老婆、紅牡丹的媽媽。

第二、三隻鬼，是當年阿贊妻子和女兒。

第四、五隻鬼，是強牛擄走殺害的兩名女學生。

第六隻鬼，是蒼蠅拐騙過來，再讓強牛殺害的女中輟生。

而本來預計的第七、八隻鬼，同樣也是過去被強牛和蒼蠅拐騙殺害的女人亡靈，但紅齊天覺得那兩隻鬼程度不夠，會拖累八鬼偶。

當蒼蠅將富貴苑婆婆和大嫂帶回之後，紅齊天立時就決定讓她們取代原本二鬼，成為八鬼偶中最後兩鬼。

蒼蠅將方桌布置完畢，將幾張符和一杯酒遞給紅齊天，紅齊天接過符和酒，立時搖頭晃腦地吟喃唸咒，走到方桌前，喝了口酒，噴吐在骨灰罈和玻璃瓶上。

八鬼偶注魂儀式正式開始。

□

翌日，文孝晴傳來十餘處公園、河堤等空曠地點讓紅齊天挑選，紅齊天通通不要，另外指定一處冷清河堤，文孝晴也同意了。

換俘前五日，八鬼偶正式煉成，領了紅齊天邪術命令，抱腿躺進一個大行李箱中，一頭灰白長髮自行延伸捲住行李箱蓋，喀啦蓋上；紅齊天滿意地替行李箱上了鎖。

換俘前兩日，紅牡丹和蒼蠅與兩名槍手會合，一同乘車前往台北，兩名槍手是賭場圍事，他倆平時會結伴上山打獵，其中一人還是蒼蠅同學。而兩人老闆，過去也曾委託紅齊天幹掉過幾個競爭對手。兩人弄來的麻醉槍，射程有數十公尺遠。

紅牡丹的計畫簡單直接，兩天後，她會在約定時間前，早一步抵達河堤，找處地方坐下，再將自己的位置傳給文孝晴，請她過來會合，屆時兩名槍手就會伺機朝文孝晴開槍。

這也是為什麼紅牡丹要提前兩日出發——她想事先前往河堤考察地形，替文孝晴挑選一處最適合「被狙擊」的位置。後來，她看上一處絕佳位置，那兒雖有長椅和步道，但其實頗為偏僻，周圍數十公尺處還有不少可供槍手躲藏的矮樹叢。

她帶著槍手演練數次，十分滿意，這才乘車在附近挑了間高級旅館投宿，等待換俘當日到來。

換俘前一日，強牛戴著眼罩遮住右眼窟窿，開車載著紅齊天，抵達北投一間高級溫泉旅館，一連訂下兩天，兩人早早歇息，替明日入夜後的討鬼大戰做好準備——強牛先前返回台東後，數度想找紅牡丹搭話，紅牡丹卻絲毫不理睬他。紅齊天倒是包了個大紅包安撫強牛，說等這次工作結束，會出錢替強牛裝一枚高級義眼。

紅齊天躺在頂級日式套房那寬闊溫泉池中，舉著手機不停自拍，想挑幾張帥氣的照片傳給文孝晴，但想到這間溫泉旅館還算知名，文孝晴或許會從旅館位置，猜到他突襲黃老仙的意圖，因此作罷，改傳去幾張年輕時的照片給她，依舊沒有得到任何回應——他相信文孝晴只是故作矜持，只要明日她敗在自己父女手下，將之擄回道場，關入地窖慢慢培養感情，最後肯定服服貼貼。

紅齊天想到這裡，不禁微微得意，覺得自己真是魅力無窮。

在此同時，紅牡丹同樣也窩在高級旅館裡，盤算著擄得謝初恭之後，該如何令他真心誠意地拜倒在自己石榴裙下，跟著想到那文孝晴，不由得咬牙切齒，開始盤算之後若是爸爸厭倦文孝晴時，她就叫爸爸將文孝晴也做成木偶，當成她明年或是後年的生日禮物，屆時，她該怎麼玩弄文孝晴小木偶呢？

她趴在床上，像是數羊般，腦海裡閃過無數種玩弄小木偶的花樣，漸漸進入了夢鄉。

□

換俘當天。

紅牡丹起了個大早，站在窗邊俯瞰市街半晌，然後望著陽明山的方向——昨日她閒來無事，帶著蒼蠅上通靈事務社數條街外晃了晃，還數度派出槍手去按電鈴，無人回應——之前蒼蠅對謝初恭坦承曾開鎖進通靈事務社內搜索過，文謝二人因此轉去其他地方備戰，也十分合理。

紅齊天猜測文謝二人說不定就待在黃老仙家，但是無所謂，不論文謝二人在哪兒，今晚時間一到，必然會前往河堤赴約。

她這間房同樣訂了兩晚，因此不必考慮退房時間，吃完早餐返回房間泡了個澡，睡了個舒服的回籠覺，直到午後才懶洋洋地下床，準備下樓吃午餐。

她坐在電梯裡，傳訊息給同棟四人房裡的蒼蠅和兩位槍手，要他們繃緊神經，好好準備即將到來的大戰。

她踏出旅館，左顧右盼，思索著該上哪間餐廳用餐，突然聽見有人喊她，像是謝初恭的聲音，同時，一隻手搭上了她的肩。

她猛然回頭——

什麼也沒有。

紅牡丹望著身後熙攘市街，發愣半晌，只當自己太想念謝初恭，以致於把街上其他男人說話的聲音，錯聽成謝初恭的聲音。

□

晚上十點。

紅牡丹帶著蒼蠅及兩名槍手，抵達約定的河堤上的「最佳位置」，拍下周遭照片，傳給文孝晴，說自己先到，在這兒等她——文孝晴先前封鎖她多時，但向紅齊天稱今晚會解封，方便聯絡。

兩名槍手各自來到事先挑好的藏身位置，揭開長袋，取出麻醉槍，裝填麻醉針。

蒼蠅拿著文謝二人那只小行李箱，站在長椅旁，默默望著河面。

紅牡丹坐在長椅上，托著阿贊木偶，令阿贊木偶在月色下起舞，瞧得樂不可支。

此時她雖然望著阿贊，心裡卻想像著和謝初恭結婚生子之後，一家人窩在一塊兒玩弄文孝晴木偶時和樂融融的模樣，只覺得既幸福又溫馨。

十點五十分，文謝二人的身影，在河堤步道另端現身。

紅牡丹遠遠望著兩人走來身影，心裡有種說不上來的古怪滋味，像是將興奮、欣喜、嫉妒、怨怒全部捏成一團的那種滋味。

這是因為在她這陣子的想像裡，謝初恭身旁站著的那人，應當是自己才對，因此當她見著文孝晴走來時那副悠哉模樣，不由得又氣又妒，但另一方面，此時此刻，正是她心中美夢成真的第一步，她相信自己的計畫天衣無縫，只要擊敗文孝晴，她的美夢就能實現，因此氣妒之餘，又感到興奮雀躍。

她緩緩站起身，倒是沒忘記爸爸的叮囑，將阿贊木偶拋上半空，令阿贊翻了幾圈跟斗，華麗落地，跳起舞來。

阿贊舞步狠辣，一揚手一抬腿都像是在獵殺著什麼一般。

直到文謝二人走到面前，停下腳步，阿贊木偶這才停下舞步，對著兩人深深一鞠躬。

紅牡丹也同時彎腰，向兩人行了個禮。

兩名槍手見到暗號，同時開槍。

文孝晴登然癱軟倒地，閉著眼睛一動也不動。

「呀——」紅牡丹瞪大眼睛，像是不敢相信行動竟比自己想像中更加順利，她以為文孝晴至少會掙扎半晌，聽她講幾句勝利宣言後，才不甘心地睡死。

「我贏了！贏了！自以為是的賤女人，妳看見沒有，妳輸了、我贏了！」

她一面尖叫，一面取出手機，瘋狂拍攝睡倒在地的文孝晴，將照片傳給紅齊天，還忍不住錄了語音訊息傳去。「爸爸，我贏她了！她完全沒發現我們掉包，呀哈哈哈。」

紅牡丹傳完語音，雙手撐膝，瞪著文孝晴喘氣半晌，跟著感到有些不對勁，抬頭望著謝初恭。

謝初恭的反應平淡而古怪，像是用一種看待病人的眼神望著她。

「謝社長……」紅牡丹對謝初恭說：「我贏了。」

「不。」謝初恭搖搖頭，說：「妳沒有贏，妳輸了。」

「啊？」紅牡丹困惑不解，說：「為什麼？我明明贏她啦，你看她中了麻醉槍，已經睡著了，她睡著的時候，你看……」紅牡丹托起阿贊木偶，令阿贊木偶在她手掌上起舞。「阿贊還能跳舞，她的『領域』不管用了！你自己看！」

「牡丹姊，妳真的沒有贏。」蒼蠅拖著行李，走到紅牡丹身旁，對她說：「妳其實輸了，這是妳第三次輸給文小姐。」

「什麼？」紅牡丹先是愕然，跟著暴怒，指著蒼蠅破口大罵。「你為什麼幫她說話？你瞎了嗎，你看不見她……」

紅牡丹還沒說完，兩名槍手也提著麻醉槍走來，異口同聲說：「蒼蠅說的沒錯，牡丹小姐，是妳輸了。」

「為什麼？為什麼你們……現在到底是怎麼回事？」紅牡丹對著躺在地上的文孝晴尖聲咆哮。「妳對他們動了什麼手腳？這也是妳的能力？妳被麻醉還能控制他們說話？」

「不。」文孝晴睜開眼，微笑望著紅牡丹。「我其實沒睡著，睡著的是妳。」

「什麼？」紅牡丹大吼：「放屁，我什麼時候睡著……」

她還沒說完，眼前陡然浮現一幕景象——

她踏出旅館，聽見謝初恭喊她，同時，一隻手搭上她的肩。

她回頭，看見了文孝晴笑吟吟地站在她身後——這與她的記憶截然不同，她記得自己當時轉身，背後什麼也沒有。

「當我手搭上妳肩膀的那瞬間，妳就開始作夢了。」文孝晴像是明白紅牡丹心中的疑問，並且立刻提出解答。「從那時到現在，妳一直在作夢。」

「什麼？不可能！妳別想騙我！」紅牡丹不願接受這個答案，她將雙手食指和中指放入口中，狠狠一咬，然後抽出，試圖操縱阿贊木偶發動攻擊。

但阿贊木偶只是伸手打了個哈欠，跟著一個跟斗跳上文孝晴肩膀，蹺著二郎腿坐著，對紅牡丹說：「牡丹小姐，面對現實吧，妳確實在作夢。」

「是啊。」蒼蠅也指著紅牡丹的手，說：「妳剛剛咬手，會痛嗎？」

「……」紅牡丹顫抖地望著自己雙手食指和中指，只見指尖破口並沒有滲出血。她再次張嘴，猛力狠咬食指。

一點也不痛，且也沒流出血來。

紅牡丹接連咬了數次，結果相同，她見文孝晴瞅著她笑，狂暴撲去要掐文孝晴脖子，卻像是穿過幻影般撲了個空，跌坐在地上。

文孝晴轉身，扠手望著她，說：「妳可能覺得奇怪，如果妳從剛剛到現在都在作夢，那麼現在我和妳這樣子對話，是真的還是假的，我直接公布答案——是真的，因為我進入妳的夢裡，直接跟妳對話。」

「妳……妳在旅館外面埋伏我……但妳為什麼知道我住那間旅館？」紅牡丹恨恨地問。

「我忘了有沒有跟妳提過。」文孝晴微笑說：「我進入通靈事務社之前，是程式設計師兼電腦駭客。先前在台中，我不只換掉妳手機桌面，還在妳跟強牛的手機裡裝了木馬程式，這十天裡你們的一舉一動，我都看得清清楚楚。」

當晚，謝初恭和文孝晴進行了簡單的沙盤推演後，立時明白文孝晴那天生異稟，只對鬼怪和法術有用。倘若她出外隨身帶著江姊，或許不怕一般人近身襲擊，但如果對方用槍械、弓矢之類的武器遠遠偷襲，那麼文孝晴當然也與一般人無異，非死即傷。

紅齊天拒絕在通靈事務社交易，選擇在空曠處換俘，顯然打算使用這類戰術，而在後續手機監視當中，也證實了這一點。

紅牡丹抵達台北，文謝二人立時從她手機ＧＰＳ定位，得知她投宿旅館。謝初恭也發揮他徵信社工作專長，變裝之後來到旅館附近盯梢，暗中監視紅牡丹等人一舉一動。

直到紅牡丹今日外出吃午餐，埋伏在附近的文謝二人立時出動，利用江姊能力，一舉讓紅牡丹進入夢鄉。

後續紅牡丹整日記憶，全是江姊按照文孝晴指示，配合紅牡丹行事思維，替她量身打造出來的專屬夢境。

就當紅牡丹以為自己正在悠哉用餐的同時，真實世界的她，卻是被江姊附身，用手機傳訊喊出蒼蠅和兩名槍手，親口告訴槍手任務取消，但酬勞仍會匯進他們户頭，令他們立刻返家。

槍手儘管困惑，但聽酬勞不變，也沒多問，返回旅館整理打道回府。

蒼蠅則連發問的機會都沒有，便被伶伶附身，頸上還掛著江姊一條胳臂，同樣陷入夢境。

紅牡丹和蒼蠅兩人便這樣沉浸在文孝晴撰寫的夢境裡，在旅館房間度過大半天，這才意氣風發地正式行動，實際上卻是搭乘謝初恭那國產老爺車，和文謝二人一同到河堤就定位，直到十點五十分，文孝晴進入紅牡丹夢境揭露真相。

夢境裡，紅牡丹操縱阿贊向文孝晴示威；真實世界中，紅牡丹坐在長椅上自顧自地傻笑。

夢境裡，紅牡丹下令槍手射擊；真實世界中，槍手早已回家。

但文孝晴則暫時離開紅牡丹夢境，依照夢中情境，假裝中彈倒地閉眼裝睡。

夢境裡，紅牡丹興高采烈地拿手機拍照傳給爸爸紅齊天；真實世界中，江姊也按照紅牡丹夢中舉動，用紅牡丹手機拍下文孝晴裝睡畫面，然後傳給紅齊天，連訊息內容，都與紅牡丹夢境裡一模一樣。

再然後，文孝晴起身返回紅牡丹夢境，對她揭露真相。

「所以爸爸還是收到我的訊息了？」紅牡丹聽文孝晴敘述至此，儘管不解文孝晴特地幫自己傳訊給爸爸的理由為何，但仍然興奮地笑了出來。「哈哈……那就好，我爸收到我的消息，就會開始行動，他會抓到那隻老鬼，然後帶著那隻老鬼過來救我……最後……妳還是會輸給我……」

「是嗎？」文孝晴笑著說：「不用麻煩他過來救妳，真實世界裡，我們正要過去找他。」

「來不及了！」紅牡丹尖聲厲笑，說：「就算妳真那麼厲害，妳也只有一個人，我跟爸爸可以兵分二路，妳不行！妳輸定了！」

「妳這麼說，是因為妳沒看過黃老先生，妳不知道他老人家的厲害。」

「妳也不知道爸爸剛煉成的八鬼偶有多厲害，等妳到了那邊，絕對嚇死妳！」

「是嗎？」文孝晴這麼說，彈了記手指，令紅牡丹身前豎起一面螢幕。

螢幕閃爍幾下，出現黃老仙家中監視器拍攝畫面。

同時，文孝晴不再說話，她的意識返回真實世界，正與謝初恭、被伶伶附身的蒼蠅，一齊將猶自作夢的紅牡丹扛上車，駛向陽明山。

在紅牡丹的夢境裡，只剩她獨自一人站在冷清的河堤上，面對著那面液晶螢幕。

液晶螢幕的畫面，正來自於真實世界裡的她，低頭盯著擺在腿上那手機螢幕裡的黃老仙家即時監視畫面。

監視畫面裡，紅齊天披著一襲寫滿符字的暗紅色道袍，手持桃木劍，站在黃老仙家前院，指揮強牛起壇作法。

□

強牛忙著將後車廂內六只木箱一一搬進黃老仙家前院，每只木箱，都裝著大大小小、貼有符籙封條的陶罈，罈裡裝著紅家囤積多年的亡靈——紅齊天知道這黃老仙道行深厚，不敢大意，此行將地窖裡的「材料」一口氣全帶來，想來個大軍壓境。

「哦！」紅齊天瞪大眼睛，感受到一股濃厚陰氣自大宅二樓透出，瞬間包裹住整個前院，不由得興奮嚷嚷：「真的是好材料，是我這輩子見過最好的材料⋯⋯說不定連我爸爸都沒見過這等級的東西！太棒了！」他說到這裡，回頭對強牛說：「你還行嗎？」

「我可以……」強牛正從車上提著裝有八鬼偶的大行李箱，再次踏進前院——即便是絲毫沒有慧根的強牛，此時也忍不住打了個冷顫，覺得有股難以言喻的恐懼自心底油然而生。

「去喝幾口鎮鬼酒，多帶兩串符！」紅齊天這麼說。

「是……」強牛點點頭，將行李放到紅齊天身旁，來到小法壇前，揭開紅齊天的自製藥酒，倒了一小杯，仰頭一飲而盡，跟著又返回車內取了幾串符包，一股腦掛上頸子，這才重新返回紅齊天身旁，當真覺得心頭那莫名陰寒恐懼消褪許多。

紅齊天燒符吟咒舞劍搖鈴一會兒，含了口酒在嘴裡，左手抓起一束小旗幟，右手抓起一把香，噗地將酒噴在那把小旗幟上，再將旗和香，一齊交給強牛。「擺旗陣！」

「是！」強牛接過香和旗，緊緊跟在紅齊天身後，見紅齊天桃木劍指向哪，就趕去那兒，往土裡插一支旗和幾炷香。

紅齊天不時也從懷中小袋裡，掏出銅錢或是模樣古怪的小石像，擺在黃老仙大宅窗沿、台階邊緣，像是布陣一般。

「師父……好像真的有用……」強牛又插了幾支旗，隱隱感到四周陰寒氣息漸漸消褪。

紅齊天這些小旗幟、銅錢跟小石像，彷彿像是圍棋棋子，每下一著，就將黃老仙濃烈陰氣逼退三分，師徒倆從前院，一路繞至後院，再繞回前院，總算完成了包圍網，將黃老仙氣息完全擋在大宅內。

「破門！」

紅齊天左手拉著大行李箱，右手挺著桃木劍，直指黃老仙家大門。

強牛抄起消防斧，奔至門前扳動門把，門竟然開了，原來根本沒上鎖。

強牛嚥了口口水，推開門，只見大廳內昏暗漆黑，但二樓主臥房門半掩，隱隱發出光芒，且窸窸窣窣地透出些聲響。

強牛反手在門邊牆面摸著電燈開關，按下，室內登時一片明亮。

「強牛，在罈上插旗，把旗陣推進屋子裡！」紅齊天高聲下令。

「是！」強牛大聲應答，將六只木箱搬至大宅門口，將剩餘的小旗一一插進陶罈封口符籙，然後一罈罈往屋子裡堆。

本來聚積在大宅門口的陰氣，漸漸被紅家旗陣壓過。

紅齊天挺著桃木劍，踏進大宅客廳，高喊：「屋子裡的老鬼，貴客上門了，還不出來露個面嗎？」他說完，朗聲哈哈大笑好一會兒。

「靠北喔——」

二樓主臥房傳出一聲怒罵，門推開，走出一個男人，站在二樓廊道扶手旁朝著客廳罵：「是誰在吵啦！」

男人一頭亂髮、滿嘴鬍碴，上身白色吊嘎，下身青色短褲，踩著一雙卡通拖鞋，左手托著一台筆電，右手指著紅齊天問：「你就是阿晴說的老啞男喔？」

「呃？」紅齊天瞪大眼睛，料想不到這大宅裡竟還有人，呆了呆，問：「你……是誰啊？」

「啊呀！有沒有搞錯？」男人指著紅齊天罵。「你不打招呼闖進別人家堆罈子，然後問屋子裡的人是誰？你好意思？你有沒有家教啊？」

「……」紅齊天皺了皺眉，他明顯感到二樓那男人身上透出濃烈鬼氣，顯然黃老仙就附在男人身中。紅齊天不敢大意，喀啦一聲，將大行李箱放倒，單膝蹲地，撕下封條、揭開箱蓋。

八鬼偶姿勢怪異蜷縮在箱中。

紅齊天盯著二樓男人，將左手五指依序湊近嘴邊，咬破，將鮮血滴淋在八鬼偶臉上。

「喂！」二樓男人繼續說：「你說話啊，你進別人家要幹嘛？」

「我來捉鬼。」紅齊天反問：「你是屋主？」

「我不是屋主。」男人說：「我是來趕稿的。」

「『敢搞』？」紅齊天像是一下子沒聽明白。「你想『搞』什麼？」

「搞個頭啊！」男人氣呼呼地說：「是趕稿！就是忙著寫作的意思，我是作家。阿晴說這裡有位老先生跟幾個朋友可以提供我靈感，請我過來趕稿兼看家；她說今晚會有個老噁男帶著一堆妖魔鬼怪上門找碴，看來就是你啦！」

「阿晴……你是指文小姐？」紅齊天愣愣問：「你是她什麼人？」

「我是她舅舅。」男人豎起拇指指了指自己胸口。「專門寫鬼故事的作家，史秋。」

「你身上附著隻厲害老鬼，還能自由說話？」紅齊天狐疑望著史秋，左手飛快對著八鬼偶臉面施咒，身旁強牛忙碌地捧著一只只插旗小罈，往客廳深處堆擺，將紅家旗陣持續往大宅內部推進。

「能啊，為什麼不能。」史秋說：「是我邀黃老先生上我身的。」

「為什麼？」

「因為聽說你們一家陰險又機歪，所以這樣比較安全。」

「……」紅齊天默默不語，突然桃木劍指向一旁強牛捧在手上的陶罈，作勢向上一挑。

那陶罈封條立時炸開，竄出一縷青煙，嚇得強牛身子一顫，但倒是沒有鬆手，畢竟這是紅齊天拿手把戲，強牛也不是沒見過。

青煙在空中凝聚成鬼，隨著底下紅齊天桃木劍指向，飛撲到史秋面前，頂著一張猙獰鬼臉，張開十指，要扒史秋的臉，但一雙凌厲鬼爪，卻在距離史秋臉龐數公分前緩下，直到完全停止動作，像是受到一股無形結界力量拘束般，再也無法推進、無法碰著史秋一根寒毛。

「呀——」厲鬼張口去咬史秋鼻子，卻同樣在史秋鼻尖數公分前被無形力量阻下。

「近到我眼睛無法對焦。」史秋豎起中指，將厲鬼推遠些，然後抓著厲鬼下巴，左右細瞧厲鬼長相，皺眉搖搖頭說：「完全沒有特色。」他轉頭望著屋內其他陶罈，對紅齊天說：「其他隻呢？躲在罐子裡想騙我玩踩地雷啊？全部出來讓我看看啊！」

「喝！」紅齊天大喝一聲，桃木劍飛梭亂指，指到哪兒，就往上一挑。

啪、啪啪啪——一個個陶罈上的符籙封條紛紛炸開，一隻隻鬼全竄出來，有的青面獠牙、有的滿臉鮮血、有的凸眼長舌、有的利齒竄長，全往史秋飛去，聚在史秋身邊張牙舞爪。

「你不行、你不行、你不行……」史秋像是惡靈審查委員般，對著簇擁到他身邊齜牙咧嘴的群鬼們品頭論足一番，將不符合他標準的傢伙，及某些面貌、行動老掉牙的傢伙們一一推遠，甚至主動伸手將擠半天也擠不近他身邊的亡靈拉過來細瞧。「你不要一直鬼叫，很吵；你眼神還不錯，如果凶惡中摻雜三分哀怨會更好，對對對，就是這樣，繼續哀怨；欸，你剛剛不是來過了，你別勉強自己，把機會讓給其他人；嗯，妳……」

「好像不錯耶。」史秋眼睛一亮，見到一個女鬼容貌清秀，並沒有主動攻擊他，即便被其他惡鬼推擠到他身邊，也只是靜靜不發一語。

史秋將那女鬼拉到面前，仔細瞧瞧她臉蛋、五官，然後拉她轉身進入黃老仙房間，將筆電扔在床上，對女鬼說：「我感覺得出來，妳心中應該藏了一個淒美的故事。妳合格了，在這裡等我忙完，就進來聽妳說故事。」

他說完，像是趕羊一樣，又將隨他一同進房的惡鬼，帶回剛剛的廊道，繼續挑選。「你不行、你不行……嗯，你有點潛力，進房等我；你也不賴，也進房；欸怎麼又是你，你要來幾次？你沒看附近這麼多鬼在等，你不要浪費大家時間好嗎？」史秋將一個第五度擠到他面前耍狠的傢伙揪起扔下樓。

「喝！通通讓開——」強牛抄著消防斧奔上二樓，朝史秋衝去，高舉消防斧要劈他。

史秋胸口穿出一隻手，虛空朝著強牛一掐，強牛立時感到呼吸困難，手中斧頭落下，雙手撫著脖子，身子緩緩浮空，兩隻腳在空中亂蹬。

那隻手往外一揚，強牛便像剛剛那惡鬼一樣，飛摔下樓，重重摔在紅齊天腳邊——

這是今晚黃老仙初次展現力量。

「我紅家鬼陣竟傷不了你……」紅齊天有些不敢置信。

「別再玩什麼鬼陣了。」史秋繼續挑選身邊看得順眼的惡鬼扔進房，一面朝底下紅齊天喊：「讓我看看箱子裡那東西吧，好像有點意思。」

「你想看，我就讓你看。」紅齊天左手淩空一托，八鬼偶挺身站起，八隻長短不一的木手臂胡亂掙動起來。

紅齊天摘下八鬼偶嘴上口罩，只見八鬼偶臉上沒有鼻子，只有一張從左耳際開至右耳際的誇張大嘴，滿嘴利牙和人類大不相同，不只上下兩排，而是像鯊魚般上下各三排，每隻牙都呈三角狀。

接著，紅齊天摘去八鬼偶蒙眼紅巾，紅巾之下，是八隻大小不一的眼睛。

紅齊天揚劍指向二樓史秋。

八鬼偶也跟著扭頭望向史秋，八隻眼睛一齊大睜，巨口張開，吼出一記八聲道的尖銳鬼嘯。

「略顯浮誇。」史秋拍了拍手，不等八鬼偶上樓，自己主動走向樓梯。「不過我喜歡。」

「上。」紅齊天左手五指血線分別連著八鬼偶後腦杓、雙肩、左右臗處，他左手直舉，指揮八鬼偶躍至樓梯前，身子低伏下地，八隻手歪歪斜斜撐著地，像是一隻準備狩獵的人形蜘蛛。

紅齊天舉劍畫了個圈，唸咒下令：「眾鬼過來——」

擠在二樓史秋身旁的幾十隻惡鬼，聽了紅齊天命令，紛紛掉頭聚在紅齊天身旁，伸手搭上紅齊天肩頭，像是武俠小說傳遞內力般，將自身陰邪氣息，分享給紅齊天。

其中也有約莫十分之一的亡靈，或許是受到史秋怪異體質影響，變得不那麼服從紅齊天命令，或是四處遊蕩、或是繼續糾纏史秋——包括剛剛那隻被史秋扔下樓的惡鬼，再一次飛到史秋身旁煩他，見史秋不理他，便繞到史秋面前，張臂攔他。

「走開啦。」史秋伸手將那鬼搧飛老遠，大步下樓。

「呼哈、呼哈、呼哈——」紅齊天開始急促深呼吸，他每一次吸氣，都將聚在他背後搭他肩膀的惡鬼陣的陰氣，吸入自身體內。他的臉色變得青森嚇人、雙眼殷紅似血、口鼻都溢出黑氣。

伏在樓梯前的八鬼偶，模樣也變得更加凶惡，八隻眼睛閃閃發亮，一張恐怖大口也同樣溢出黑氣。

「全是女的啊。」史秋一步步下樓，望著伏在樓梯前的八鬼偶，說：「妳們好像都有故事喔，我想聽，哪個要先說，可以舉手嗎？欸不過我怎麼分辨哪隻手是誰的啊？」

史秋還沒說完，八鬼偶再次昂頭咆哮，整個身子飛蹦上空，八隻手同時往史秋腦袋抓去。

八鬼偶八隻手，全在史秋眼耳口鼻一吋前停下。

飛騰在空中的偶身，也緩緩落在台階上。

「這嘴巴好酷。」史秋撥開臉前八隻手，扳開八鬼偶的大嘴巴，伸指進她嘴裡摸玩利齒，還將眼睛湊在八鬼偶嘴前，像是想瞧清楚裡頭構造。「舌頭呢？怎麼沒有舌頭？」

八鬼偶被史秋掰著嘴巴，彷彿使不上力，八隻手胡亂扒抓拍打，卻無法傷著史秋分毫，頂多像是搔癢般輕輕碰著史秋。

「呼哈——呼哈——」紅齊天在後方賣力吸吐，持續從群鬼提取陰氣，灌進八鬼偶身中，但那些傳去的陰氣，卻像是投入深井的小碎石般，有去無回。

「喂！」史秋像是被紅齊天的呼吸聲吵著心煩，抬頭罵他。「你呼吸別那麼大聲，聽起來很噁心！」

「你……你到底是誰！」紅齊天喘氣喝問。

「你是失智還是重聽？我不會再說一遍，你想知道就去買我的書。」史秋報上一大串書名，全是他過去寫的鬼故事。

「你剛剛說……」紅齊天惱火問：「你是文小姐的舅舅……所以你也有文小姐那樣的能力？」

「嗯……」史秋聽紅齊天這麼問，倒是認真回答。「算是啦，我們家族很多人都有這種不怕鬼的體質，不過阿晴比我厲害，她除了不怕鬼之外，還有一堆附加功能，像是可以直接看鬼的記憶，我就沒辦法，所以只能拜託鬼講給我聽。」他說到這裡，又朝著八鬼偶口中看了看，說：「怎麼還有個小妹妹？」他瞪著紅齊天罵了兩句：「老噁男，你連小妹妹也不放過？」

史秋罵完，又望回八鬼偶嘴巴，說：「黃老先生，麻煩你了。」

他剛說完，胸口竄出一隻手，探進八鬼偶口裡、探得極深，然後抓出一個十一、二歲的小女孩。

小女孩兩隻眼睛黑漆漆的，身上纏著一圈圈漆黑鐵鍊，臉上寫滿符籙文字，她一被抓出，八鬼偶一隻手像是失去控制般啪啦垂下，同時，八隻眼睛也閉起一隻。

這小女孩，是阿贊的女兒，她剛被抓出時，猶自激烈掙扎，但是被史秋摸了摸腦袋，兩隻漆黑眼睛漸漸能夠分出眼白和眼瞳，臉上的符籙文字也緩緩消褪，彷彿稍稍恢復神智，站在樓梯台階上呆呆凝望史秋。

「喝……」紅齊天不敢置信自己八鬼偶轉眼就少了一鬼，他身子微微發顫起來，開始緩緩後退。

黃老仙再次出手，探入八鬼偶口中。

這次，七隻木手同時扣住黃老仙胳臂，牢牢扣住黃老仙胳臂。

黃老仙雖是百年難見的厲害大鬼，但偶中七鬼也是經邪法修煉多時的凶猛厲鬼，一對一或許不如黃老仙，但七鬼齊力，加上紅齊天連同幾十隻鬼的陰氣加持，整體力量其實已經高過黃老仙不少。

「呼哈——」紅齊天再次長長吸氣，轉劍施法，令鬼偶七隻木手同時施力，竟將黃老仙整個上半身，自史秋身中強拉出來。

「不可以喔。」史秋像是教訓頑皮小孩般，將一隻隻扣著黃老仙胳臂的木手扳開，見哪隻木手倔強不肯鬆手，便大力拍打手背。

七隻木手轉眼鬆開了手。

黃老仙又退回史秋身中，且順帶從八鬼偶中揪出兩隻女鬼，是富貴苑婆媳。

婆媳倆同樣頭臉上都寫滿符籙文字，全身被鐵鍊捆縛，像是當機的機器人般搖頭晃腦、全身發顫地癱掛在樓梯不同位置上。

跟著，黃老仙同時伸出兩手，一口氣揪出四隻女鬼——是被強牛殺害的三個女學生，和阿贊的妻子。

「喝！」紅齊天見八鬼偶少了七鬼，知道自己毫無勝算，怪叫一聲，撥開身旁眾鬼，拔腿往大門跑。

大門轟隆關上，整間屋子燈光閃爍起來。

「老啞男。」史秋探頭對紅齊天說：「黃老先生的家，能讓你這樣說來就來，說走就走的嗎？」他指著客廳那些被紅齊天吸去大部分陰氣，虛弱癱倒一地的鬼，說：「你來人家家裡搞鬼一通，想走的話，至少也要打掃乾淨吧。」

「好……好……」紅齊天堆起笑臉，朝史秋鞠躬哈腰一番，對著那從二樓摔下，扭傷腳踝的強牛喝喊：「還不把東西收拾乾淨！」

「是、是是……」強牛一拐一拐地要去收拾各處陶罈，突然被兩只騰空飛起的陶罈砸在臉上，摔倒在地，血流如注。

另一頭，史秋繞到八鬼偶身後，見到八鬼偶身後五條血線，連著紅齊天手指，哼哼地伸手扯斷血線，對紅齊天說：「什麼年代了，該換成無線遙控了吧。」

「喝！」紅齊天見血線斷了，猛地倒吸一口冷氣，急急往窗邊跑，像是想要破窗逃跑，但被幾枚陶罈砸倒在地，又被黃老仙隔空拖回樓梯前。

史秋走到紅齊天身邊，扠手望著他，說：「老噁男，你認輸了嗎？」

「認輸……我認輸！黃老先生，大作家……求求你們放了我。」紅齊天顫抖地跪地，向史秋磕頭，只見一雙木腳也走來，嚇得向後撲倒在地，對著走近身邊的八鬼偶也膜拜起來。「阿春……阿春，拜託妳……妳也原諒我……」

「阿春！」史秋插嘴說：「不要原諒他。」

「喝！」紅齊天愕然問：「你……你也認識阿春？」

「不認識。」史秋搖搖頭。

「那你為什麼……」

「我爽。」

八鬼偶瞪著獨眼、伸出獨手，掐住紅齊天肩頭，將他提了起來，緩緩張開大嘴，對準紅齊天頸子。

紅齊天伸手格檔，被八鬼偶狠狠咬住左前臂，痛得慘叫一聲，右手高揚，比劃兩下，八鬼偶像是觸電般鬆手也鬆口。

這是紅家用以控制木偶亡靈的禁錮法術——九重鎖。

「阿春，我幫妳！」史秋伸手在八鬼偶身上亂扒一陣，將偶內阿春身上的鐵鍊全扯斷了。

「為什麼?」紅齊天朝著史秋尖叫。

「我爽啊!」史秋說:「你要問幾次?你打擾老子寫小說,還不許老子爽一下?我偏要爽,怎樣!阿春,加油,快揍他!」

恢復力氣的八鬼偶尖叫一聲,獨手抓在紅齊天右臉上,拇指摳進他右眼。

「哇——」史秋嚇了一跳,連連後退,跌坐在地。「阿春,妳好殘忍啊,出大招也不先說一聲!」他雖不怕鬼,但見活人在他面前被挖眼,倒有些害怕。

紅齊天慘烈哀嚎,被八鬼偶壓得連連後退,轟隆撞在大門上。

「阿春想幹嘛?阿春想出來?」史秋望著八鬼偶壓著紅齊天不停掙動,用腦袋頂撞紅齊天嘴巴,好奇問:「阿春想附老噁男的身?」

他剛說完,黃老仙倏地穿出史秋身子,現身在大門前,瞧瞧紅齊天、瞧瞧八鬼偶,伸手往八鬼偶腦袋一撈,揪出了阿春。

八鬼偶身中無鬼,癱倒在地,木指甩下一個血淋淋的東西,是紅齊天的右眼。

紅齊天摀著右眼眶，哀嚎著也要倒地，卻被黃老仙掐著臉頰，不讓他倒。

黃老仙掐開紅齊天嘴巴，盯著阿春。

阿春掰開紅齊天的嘴就要往裡頭鑽，鑽了半晌，還回頭高呼一聲。

本來癱倒在地上的那些鬼，一下子站起一半。

阿春是紅齊天老婆、是紅牡丹老媽，黃老仙滿屋子裡的鬼，有一半過去都聽阿春命令行事。

「阿春……饒了我……阿春……」紅齊天顫抖求饒。

阿春鑽進紅齊天身中，四周群鬼也紛紛飛來，一隻隻附上紅齊天身子。

黃老仙鬆手放開紅齊天，然後開了大門，任由紅齊天步伐歪七扭八地走出大門，紅齊天一面走，還一面捏拳搥打自己腦袋、扒抓自己眼耳口鼻。

「欸！」史秋愕然攤手。「不是啊，阿春……妳走之前，沒打算把妳跟老噁男的故事說給我聽嗎？你們看起來顯然有故事啊！」

伏在地上的強牛見門開了，也一拐一拐地想逃，但被剛剛離開八鬼偶、渾身纏著鐵鍊的女學生張口咬住腳；一旁另外兩個女學生，也跟著奮力蠕動身子，往強牛爬去，像是恨不得咬下他一口肉也好。

強牛拖著女學生，艱難地往外走，卻見黃老仙站在門前，伸手指著地上那顆紅齊天的眼珠子。

「呃……」強牛呆了呆，伸手摸了摸自己的臉，發現眼罩已經沒了，或許是剛剛被扔下樓時摔落的，他搖搖頭，對黃老仙說：「不好意思……那顆不是我的……」

但他見黃老仙仍指著地上的眼睛，只好顫抖地將眼睛拾起，又被另個女學生咬住小腿，痛得唉叫一聲，手一鬆，眼珠子又跌落下地，還一路滾到黃老仙腳邊。

「……」黃老仙盯著腳邊的眼珠子，垮下臉，顯然有些不悅，他彎腰撿起那顆血淋淋的眼珠，手一撈，將強牛揪來。

然後將紅齊天的眼珠子，用力塞進強牛右眼窩裡。

「哇——」強牛哀嚎慘叫，跌出前院，連滾帶爬地想逃，同時伸手摳臉，像是想摳出師父的眼珠。

三個女學生爬到門邊，朝著前院裡的強牛厲哭尖叫。

史秋走來，替她們扯斷身上鐵鍊。「記得之後回來找我說故事喔。」

三個女學生少了九重鎖束縛，倏地飛竄出去，一齊附進強牛身中。

強牛也像紅齊天一樣，一面自殘，一面歪歪扭扭地走遠。

史秋來到門前，看看身後客廳裡還留著二十來隻鬼，剛取出手機準備打電話給文孝晴，便見到屋外有車燈漸漸逼近。

是謝初恭的車。

□

兩週後的上午，前一晚終於交稿的史秋，揹著行李，站在黃老仙家門前，打著哈欠和文謝二人告別。

他拍拍謝初恭的肩膀，對他說：「謝社長，你那些錄音真的很棒，每段都可以寫成故事，以後如果有新的，記得寄給我。」

「沒問題，史老師。」謝初恭向史秋鞠了個躬，還得意地瞥了文孝晴一眼——史秋是世上第一個由衷稱讚他那堆錄音檔案的人，這讓他有些感動，覺得自己這段時間一天到晚被嫌吵、嫌囉唆、嫌多此一舉的錄音行徑，總算得到了平反。

「……」文孝晴攤了攤手，表示不置可否，說：「舅舅，回去路上小心啊。」

「黃老先生，之後有空再和您老人家泡茶聊天。」史秋向站在二樓廊道上的黃老先生行禮致意，跟著轉身牽出機車，下山返家。

午後，謝初恭打電話給老同學小齊，通知他可以帶人來黃老仙家看房了。

跟著，一輛小發財車駛進黃老仙家前院，將二樓主臥房裡的酒紅色大衣櫃、搖椅，以及戰情室裡的電腦主機和螢幕，一一搬上車，載往通靈事務社。謝初恭替黃老仙大宅鎖上門，駕車載著文孝晴，跟在小發財車後頭，一齊下山。

換俘大戰當晚，他倆帶著紅牡丹和蒼蠅返回黃老仙家，見到屋子裡留著二十餘隻鬼，一下子也不知從何開始收尾。

史秋主動幫忙將群鬼全趕進黃老仙主臥房，要群鬼排隊說故事給他參考，說完故事的鬼，史秋就開窗讓他們離開，說他們自由了，以後想去哪就去哪，別害人就是了。

文孝晴則找來兩支酒瓶，將需要花時間「感化」的婆媳二鬼，重新裝進瓶子裡；再叫謝初恭去地下室搬來一只金爐，生了把火，當著阿贊和妻女三人面前，將紅爺爺木偶扔進火裡燒了，還將灰燼倒進馬桶沖掉，且讓紅牡丹在夢境螢幕裡全程觀看，實現自己先前換俘時的宣示。

接下來幾日，史秋趕稿、謝初恭整理大宅、文孝晴檢視阿贊過往記憶，確認他並沒有那麼壞，便解開阿贊和妻女身上的九重鎖。

她拜託阿贊幫個忙，廢去紅牡丹一身邪術道行，免得她返家之後，處心積慮想要報仇。

阿贊二話不說答應，但需要用上紅家某些藥材和道具。

於是文謝二人花了點功夫，開車載著紅牡丹和蒼蠅趕赴台東，來到紅牡丹老家待了數天，將地窖裡剩餘囚禁亡靈全放了，讓阿贊附身在蒼蠅身上，花費數天，施術將紅牡丹一身道行盡數廢去，還額外加上數種封印異術，讓紅牡丹事後即便想重新修煉邪術，也會比尋常人更加困難重重，甚至會反噬重傷。

那幾天裡，強牛的屍體在河裡被人發現，紅齊天的屍體則在山中被人發現，兩人身上遍布慘烈傷痕，儘管法醫檢驗發現大都像是自殘，但是由於下手太過凶殘，警方也不排除是黑道仇殺。

江姊最後一次對紅牡丹和蒼蠅施下催眠咒術之後，便隨著文謝二人返回通靈事務社。

史秋交稿前兩天，阿贊替黃老仙解開了地縛咒術。

黃老仙並不會離開他的大宅，但會遵守先前和文孝晴的約定，不再干擾房屋買賣，也不會刁難新任屋主，他會將大宅當成他的據點之一，開始雲遊四海，尋找他的老伴魂魄。

他要文孝晴將他房中那把搖椅帶走，因為新任屋主很可能會嫌舊而丟棄。他說之後心血來潮，或許會上通靈事務社坐坐搖椅，和大家敘敘舊。

□

通靈事務社裡，文孝晴將倫倫的晴天娃娃掛回窗上、將伶伶的折疊手機擺回辦公桌，瞧瞧會客沙發旁的搖椅，最後返回自己房間，盯著那座碩大的酒紅色衣櫃——江姊這衣櫃和她房間顯得有些格格不入，但她已經計畫好了，甚至事先訂購了能夠放進衣櫃裡的層架，想將這座大衣櫃其中一部分空間，作為安放富貴苑婆媳酒瓶，以及未來可能臨時接手處理的牌位、骨灰罈之類的鬼東西的專屬空間。

猶如亡靈中途之家。

而這中途之家的首席管理員，自然就是江姊了。

謝初恭則在客廳興奮組裝一個組合式木狗窩，然後將狗窩擺在自己臥房床旁，還翻出過往和老哥的合照，裱框擺在床頭。

他打算讓老哥在伶伶之後，成為通靈事務社第四位正職員工，擁有一塊專屬職位牌。

他走出臥房，想問問文孝晴該幫老哥冠上什麼職稱，聽起來才夠霸氣，見到自己辦公桌上那塊寫有社長頭銜的職位牌倒著，想來是當時紅牡丹三人闖入亂翻時弄倒的。

他上前拿起自己那塊社長職位牌，擦了擦，放正。

通靈事務社，現正營業中——

《通靈事務社3：終於等到主人》完

Epilogue
後記

《通靈事務社》是我寫作生涯中，第一次在寫作前即規劃好三本收尾的故事，寫來暢快盡興，也不會因為篇幅過長，以致於寫得心力交瘁，全身不舒服——畢竟現在的我，已經不像二十年前那樣能夠無限熬夜。時常坐久了會腰痠背痛，眼睛也開始老花。

這次《通靈事務社》帶給我的愉快經驗，應該會應用在未來其他寫作計畫上，花更多時間在事前規劃上，講一些「不會太長也不會太短」的故事，尤是一些跟鬼無關的故事，畢竟同類型的題材一直講、一直講，還是會漸漸產生審美疲勞。

最後，我相信很多讀者一定想問一個問題：「之後還會有文孝晴和謝初恭的故事嗎？」

我的答案是——會喲，但得花點時間，慢慢累積適合的題材、再次規劃一部新三部曲故事，然後一氣呵成寫完。

之後文謝二人關係有無生變、通靈事務社生意是好是壞、伶伶倫倫江姊老哥還在不在、黃老仙房子賣出去了沒……等諸如此類的瑣事，到時自然會有答案。

2023/8/14 於桃園龜山

星子

通靈事務社

國家圖書館出版品預行編目資料

通靈事務社. 3〔完〕, 終於等到主人/星子(teensy)著. --
初版. --臺北市 : 蓋亞文化有限公司, 2024.01
面 ;　公分. -- (星子故事書房 ; TS037)

ISBN 978-626-384-071-3(第3冊 : 平裝)

863.57　　112021692

星子故事書房　TS037

通靈事務社 3〔完〕：終於等到主人

作　　者　星子
封面插畫　Nofi
封面裝幀　莊謹銘
責任編輯　盧韻亘
總 編 輯　沈育如
發 行 人　陳常智
出 版 社　蓋亞文化有限公司
地址：台北市103大同區承德路二段75巷35號
電話：02-2558-5438　傳真：02-2558-5439
電子信箱：gaea@gaeabooks.com.tw
投稿信箱：editor@gaeabooks.com.tw
郵撥帳號 19769541　戶名：蓋亞文化有限公司
法律顧問　宇達經貿法律事務所
總 經 銷　聯合發行股份有限公司
地址：新北市新店區寶橋路二三五巷六弄六號二樓
電話：02-2917-8022　傳真：02-2915-6275
港澳地區　一代匯集
地址：九龍旺角塘尾道64號龍駒企業大廈10樓B&D室
電話：+852-2783-8102　傳真：+852-2396-0050
初版一刷　2024年01月
定　　價　新台幣280元
Published and printed in Taiwan

GAEA
ISBN / 978-626-384-071-3

GAEA

Gaea

GAEA

Gaea